Les Quatre Coins
du cœur

W0341250

La liste des ouvrages du même auteur
se trouve en fin de volume.

Françoise Sagan

Les Quatre Coins du cœur

PLON
www.plon.fr

© Éditions Plon, un département de Place des Éditeurs, 2019
12, avenue d'Italie
75013 Paris
Tél. : 01 44 16 09 00
Fax : 01 44 16 09 01
www.plon.fr
www.lisez.com

Mise en pages : Graphic Hainaut
Dépôt légal : septembre 2019
ISBN : 978-2-259-27879-9

Le Code de la propriété intellectuelle interdit les copies ou reproductions destinées à une utilisation collective. Toute représentation ou reproduction intégrale ou partielle faite par quelque procédé que ce soit, sans le consentement de l'auteur ou de ses ayants cause, est illicite et constitue une contrefaçon sanctionnée par les articles L. 335-2 et suivants du Code de la propriété intellectuelle.

Préface

Le fil des nombreuses rééditions, depuis la prise en main de la succession de ma mère, en 2007, m'octroya le privilège de rédiger les avant-propos des textes que je venais de confier à une myriade d'éditeurs bienveillants : *La Vitesse*, *Bonjour New York*, *Chroniques 1954-2003*, *Sagan, ma mère* et, plus récemment, *Toxique*, dans son édition originale, à paraître bientôt.

Les éditeurs semblaient avoir trouvé en moi une proie facile, une proie qui se réjouissait toutefois, et immanquablement, de se livrer à un nouveau devoir d'écriture – et je tiens à préciser que, que ce travail fût lié à l'œuvre de ma mère ou non n'y changeait rien, l'exercice était pour moi toujours aussi exaltant.

Certes, ces textes que je devais présenter avaient déjà été édités, réédités pour certains, et avaient donc été lus et relus, et probablement tout autant préfacés pour qu'un ultime billet d'humeur ne porte pas à conséquence en passant même tout à fait inaperçu.

Aussi, lorsque les Éditions Plon choisirent de me confier d'écrire l'introduction des *Quatre Coins du cœur*, je ne fus pas surpris – me sentant gratifié de cette confiance que l'on m'accordait une nouvelle fois – mais ce fut le soir, une fois rentré chez moi et l'esprit au calme, que je mesurai l'ampleur de ce que je venais d'accepter : il s'agissait, ni plus ni moins, de présenter un ouvrage inédit d'un auteur iconique dont la sortie laissait présager un cyclone littéraire mêlé à celui d'un tremblement de terre médiatique.

Je ne garde, à vrai dire, qu'un vague souvenir de la manière dont ce manuscrit vint à moi. Ce devait être deux ou trois ans après l'acceptation de la succession, et il me parut, au moment où ces dossiers me furent remis, que cela relevait du miracle, l'ensemble des biens de ma mère ayant été saisis, vendus, donnés ou acquis de manière douteuse.

Le roman, bien que mince, ne tenait que par une reliure de plastique – de celles qu'utilisent les étudiants qui publient leur thèse – et figurait en deux volumes : le premier, *Les Quatre Coins du cœur*, et le second, qui débutait par « Le train de Paris entra dans la gare de Tours à 16 h 10... », avait pour titre *Le Cœur battu*. (Il n'y avait pas alors de titre définitif à ce roman et j'ignore toujours, à l'heure où j'écris ces lignes, lequel nous choisirons.)

Le texte, dactylographié, avait été tellement photocopié que le contour des lettres n'était plus tout à fait net. Des ratures, annotations et corrections, dont j'ignorais l'origine, y avaient été apportées de manière inégale et ces deux volumes se trouvant égarés dans un amas de dossiers, de documents et d'archives diverses, il me fallut un certain temps avant de comprendre qu'il s'agissait bien d'un seul et même roman.

C'est donc par un concours d'heureuses circonstances – ou malheureuses d'ailleurs – que je n'ai prêté, dans un premier temps, qu'un œil inattentif à ce manuscrit : je n'imaginais d'abord pas qu'il pût s'agir d'un roman inédit. De plus, il régnait une grande désorganisation dans la succession de ma mère, et mes pensées étaient exclusivement accaparées à régler l'enchevêtrement inextricable des questions légales, fiscales et éditoriales, notamment.

En y repensant aujourd'hui, je fis preuve, néanmoins, d'une totale désinvolture avec ce texte qui, bien qu'inachevé, m'avait confondu par son écriture violemment saganesque – son caractère parfois impudent, sa tonalité si baroque et le rocambolesque de certaines de ses péripéties – et je dus être bien insouciant, donc, de lui prêter si peu d'égards, et de laisser *Les Quatre Coins du cœur* dans le fond d'un tiroir durant ce laps de temps. Mais son état d'inachèvement me semblait tel qu'il paraissait imprudent d'en confier la lecture à une personne en qui je n'aurais pas toute confiance.

J'avais, quelques mois plus tôt, vu la majorité des éditeurs parisiens qui, par leurs rebuffades successives, me faisaient craindre que les œuvres de Françoise Sagan ne disparaissent dans la nuit du XXe siècle. Puis, j'avais rencontré Jean-Marc Roberts, un homme providentiel, devenu plus tard mon mentor pour les questions éditoriales liées la succession. Il dirigeait alors la maison Stock et avait accepté de republier, d'emblée, la totalité des quinze titres de ma mère que je lui avais apportés, un après-midi d'avril, rue de Fleurus. Outre qu'il devint mon éditeur, je considérai rapidement Jean-Marc Roberts comme un ami, et c'est à lui que je confiai naturellement, quelques semaines plus tard, en catimini, la lecture de ce roman dont la forme, si confuse, ne laissait pas de doutes quant à son éventuelle publication.

Les Quatre Coins du cœur, indépendamment de nous, avaient fait l'objet d'une première adaptation cinématographique – d'où les innombrables photocopies – sans que ce projet vît jamais le jour. Son manuscrit avait donc été modifié, pour ne pas dire largement remanié, afin d'inspirer librement un scénariste en vogue. En l'occurrence, *Les Quatre Coins du cœur* ne pouvaient être publiés en l'état – son contenu, par son évidente faiblesse, porterait un préjudice substantiel à l'œuvre de ma mère.

L'idée d'une réécriture du roman par un auteur contemporain qui serait à la hauteur de la tâche nous effleura, Jean-Marc et moi. Mais le manuscrit, privé de certains mots, parfois même de passages entiers, souffrait de telles incohérences que ce projet fut vite abandonné.

Le texte retourna dans l'ombre, ce qui ne m'empêcha pas, au cours des mois suivants, d'en faire de nouvelles lectures toujours plus attentives. Plusieurs voix me laissaient entendre que j'étais le seul à pouvoir réécrire le livre, et que ce roman devait nécessairement être publié, quel que fût son état, parce qu'il apportait une pièce certes imparfaite dans l'œuvre, néanmoins essentielle. Ceux qui connaissaient Sagan, l'aimaient, devaient pouvoir disposer de l'entièreté de sa production littéraire, porter un regard sur une œuvre accomplie.

Je me remis au travail et apportai les corrections qui me semblaient nécessaires en prenant soin de ne pas toucher au style, ni au ton du roman dont je retrouvais au fil des pages l'absolue liberté, l'esprit détaché, l'humour grinçant et l'audace frisant l'effronterie qui caractérisent Françoise Sagan.

Soixante-cinq ans après *Bonjour tristesse* et dix années d'un demi-sommeil tourmenté, son dernier roman inachevé, *Les Quatre Coins du cœur*, est enfin publié dans son état le plus essentiel, le plus primitif et le plus indispensable pour ses lecteurs.

Denis Westhoff

1

La terrasse de La Cressonnade, encadrée de quatre platanes et dotée de six bancs vert-ville, était majestueuse. Et la bâtisse avait dû être jadis une belle et vieille maison de province, mais elle n'était plus belle ni même vieille. Ornée récemment de minarets, d'escaliers à ciel ouvert et de balcons de fer forgé, elle réunissait deux siècles d'un coûteux mauvais goût qui dénaturait le soleil, les arbres, le gris de son gravier et le vert de son entourage. Le perron, formé de trois marches grises, plates, était gardé d'une rampe dans un style médiéval, point final de son inesthétisme.

Mais les deux personnes assises sur un banc, en face, chacune à un bout, n'en semblaient pas gênées. La laideur est souvent plus facile à regarder que la beauté, l'accord, que l'on passe son temps à vérifier et à admirer. En tout cas, Ludovic et sa femme Marie-Laure paraissaient aussi indifférents que possible à cette cacophonie architecturale. De plus ils ne se regardaient pas, ils ignoraient leur maison, ils regardaient leurs pieds. Quelle que soit la beauté de leurs chaussures, les gens qui ne cherchent ni un visage ni un décor où porter leurs yeux ont quelque chose d'infirme.

— Tu n'as pas froid ?

Marie-Laure Cresson s'était tournée vers son mari, interrogative. Dotée d'un joli visage aux yeux mauves et expressifs, d'une bouche légèrement affectée et d'un nez ravissant, elle avait beaucoup séduit avant de se marier, plutôt précipitamment d'ailleurs, avec ce jeune homme vigoureux et sain, nommé Ludovic Cresson, un peu play-boy, un peu nigaud, que s'arrachaient alors les jeunes filles du 16e, vu sa fortune et sa bonne humeur. Bien qu'il fût notoirement fou des femmes, Ludovic Cresson serait un mari fidèle, c'était évident. Toutes ses qualités, hélas, l'argent mis à part, furent presque autant de défauts aux yeux de Marie-Laure. Sophistiquée, sans culture, mais ayant acquis, grâce à un mélange de lectures dans l'air du temps, de raccourcis et de tabous un vernis utile, elle avait la réputation, dans son milieu, d'une intelligence rapide et parfaitement à la mode. Elle voulait conduire son existence, donc celle des autres, elle voulait «vivre sa vie», comme elle le disait elle-même. Mais elle ne savait pas ce qu'était la vie ni ce qu'elle voulait, sinon le luxe. Elle voulait en fait être comblée. Jusqu'où irait le prix de ses bijoux et quelle que soit la fortune d'Henri Cresson, père de Ludovic (surnommé dans sa bonne Touraine natale le «Vautour volant»), elle saurait l'afficher.

*

On n'expliquera pas – car c'est évident – les raisons qui firent nommer «La Cressonnade» la vieille usine et les vieux murs de la maison. En revanche, il serait plus compliqué, et plus ennuyeux encore, d'expliquer pourquoi les Cresson eux-mêmes avaient fait leur fortune dans le cresson, les pois chiches et autres petits légumes qu'ils expédiaient aujourd'hui aux quatre coins de la terre. Ce sujet inintéressant demanderait, du moins à l'auteur, plus d'imagination que de mémoire.

— Tu as froid? Tu veux mon chandail?

La voix de l'homme à côté de Marie-Laure était naturellement gentille et agréable, trop interrogative et trop vulnérable toutefois par rapport à la minceur du sujet. D'ailleurs la jeune femme battit des cils et détourna la tête, indiquant par là une sorte de subtil mépris pour le chandail de son époux (qu'elle avait détaillé une seconde).

— Oh, non merci, je vais rentrer, c'est plus simple. Tu devrais en faire autant. Ce n'est pas le moment d'attraper, en plus, une bronchite.

Elle se leva et partit d'un pas tranquille vers la maison, faisant crisser le gravier sous ses chaussures à la mode. Même à la campagne, même seule, Marie-Laure affichait élégance et «*up-to-date*», quoi qu'il arrivât.

Son mari la regarda d'un œil admiratif… et méfiant à la fois.

*

Il faut dire que Ludovic Cresson sortait juste de maisons de santé diverses, où l'avait traîné un accident de voiture tellement catastrophique, tellement énorme, que nul médecin, nulle amoureuse n'auraient pu imaginer qu'il y survive.

Conduite par Marie-Laure, la petite voiture de sport qu'il lui avait offerte pour son anniversaire s'était encastrée dans un camion à l'arrêt, et la place du passager avait été déchiquetée par les lames d'acier transportées par ledit camion. Si on avait tiré, esthétiquement intacte, la tête de Ludovic de cet amas, si Marie-Laure n'avait reçu strictement rien, ni sur le visage ni sur le corps, celui de Ludovic avait été transpercé en plusieurs endroits. Il était entré dans le coma et les médecins lui avaient donné un jour ou deux, maximum, pour quitter ce bas monde.

Seulement, dans son espèce de forteresse naturelle, les poumons, les épaules, le cou, tous les organes qui faisaient la santé extérieure et intérieure de ce garçon naïf, s'étaient révélés autrement rusés et combatifs qu'on eût pu l'imaginer. Alors qu'on pensait déjà aux cérémonies et à la musique pour l'enterrement, alors que Marie-Laure se préparait une tenue de veuve sobrement admirable (très simple avec un sparadrap – inutile – à la tempe), alors qu'Henri Cresson, furieux de voir l'un de ses projets contrariés, donnait des coups de pied partout et insultait ses employés, alors que sa femme, Sandra, belle-mère de Ludovic, arborait son habituelle et écrasante dignité de malade souvent au lit, Ludovic, lui, avait lutté. Et au bout de huit jours, à la stupeur générale, était sorti du coma.

On le sait, certains médecins tiennent parfois plus à leurs diagnostics qu'à leurs patients. Ludovic horripila tous ces grands pontes qu'Henri Cresson avait fait venir (par habitude) de Paris et d'ailleurs. Sa facilité à revenir sur terre les agaça à tel point qu'on lui trouva quelque chose au crâne de très dangereux. Cela suffit – avec son silence – pour le faire mettre en observation, puis en maison de santé plus spécialisée. Il était embrumé, alors il parut ailleurs, et même handicapé ; et la parfaite solidité, la santé de son corps ne faisaient que redoubler cette impression.

Pendant deux ans, Ludovic, sans un mot et sans une protestation, alla de clinique en clinique, d'hôpital psychiatrique en hôpital psychiatrique, fut même envoyé en Amérique, littéralement ligoté dans un jet. Tous les mois, sa petite famille allait le voir, le regardait dormir – ou lui « sourire stupidement », disaient-ils entre eux – avant de repartir très vite. « Je ne peux pas supporter ce spectacle », gémissait Marie-Laure, n'essayant pas même de retenir une fausse larme puisque personne, dans la voiture, n'en versait la moindre.

Si, il y eut une exception quand la mère de Marie-Laure, la très charmante Fanny

Crawley, récemment veuve, mais qui, elle, pleurait son époux, alla voir son beau-fils, qu'au demeurant elle n'avait jamais apprécié. Le côté cow-boy et « tout va bien » de Ludovic avaient énervé beaucoup, beaucoup de femmes un peu sensibles, même s'il avait aussi plu à beaucoup, beaucoup de femmes à l'entrain définitif. Elle avait donc revu celui qu'elle appelait un play-boy, allongé sur un fauteuil, attaché aux poignets et aux jambes, terriblement aminci, terriblement rajeuni aussi, l'air aussi désarmé que vulnérable, parfaitement incapable de refuser tous les psychotropes qu'on lui mettait dans les veines du matin au soir... et Fanny Crawley avait pleuré. Elle avait pleuré au point d'intriguer Henri Cresson et de l'inciter à lui accorder une conversation sérieuse et sans témoins.

Par bonheur, Henri Cresson avait alors parlé, par hasard, au directeur de cette clinique, la plus chère de France peut-être – et la plus inutile sûrement. Le médecin en chef lui avait déclaré d'un ton définitif que jamais, jamais son fils ne se remettrait. Or la certitude d'autrui provoquait le doute et la fureur chez Henri Cresson, génial en affaires autant qu'incompétent sur le plan des sentiments (n'en éprouvant pas, ou plutôt n'en ayant éprouvé que pour sa première femme, la mère de Ludovic, morte en couches). Il avait donc vu avec stupeur cette belle et élégante jeune femme, qu'il savait au demeurant inconsolable de la mort de son mari, pleurer sur un beau-fils qu'elle n'aimait pas; et lui démontrer avec conviction qu'il était temps d'arrêter ce supplice. Il était retourné voir le médecin et l'avait traité de telle manière que celui-ci n'avait pu se résigner, même à ses propres tarifs, à garder un patient dont la famille était si méprisante envers lui.

Un mois après, Ludovic arrivait à La Cressonnade où il se révélait parfaitement normal, ayant jeté ses petites bouteilles de médicaments les unes après les autres dans sa corbeille à papiers. Il se montrait doux, un peu lointain, un peu inquiet, et courait beaucoup. En fait, il passait son temps à courir dans le parc immense, à courir comme un enfant auquel on a rendu l'usage de ses jambes, voire à essayer de retrouver une vague mine d'adulte. Il n'était pas question – et d'ailleurs il n'en avait jamais été tellement question – de le faire travailler à l'usine de son père : la fortune de celui-ci suffirait, même s'il ne trouvait pas de métier assez effacé pour justifier une vie aux quatre coins de l'Europe (ce que, en fait, Marie-Laure souhaitait faire, avec ou sans lui).

Son retour fut une catastrophe pour celle-ci. Elle avait été admirable en tant que veuve mais se retrouver «femme d'un débile», comme elle le formulait volontiers devant ses intimes (ceux qui partageaient une vie sociale fort ouverte), était autre chose. Marie-Laure se mit donc à haïr ce garçon qu'elle avait jusque-là supporté et même vaguement aimé.

Encore que les élans, l'amour, la passion de Ludovic pour elle l'eussent rapidement agacée. Car Ludovic aimait passionnément les femmes, aimait romantiquement l'amour, peut-être le seul art qu'il pratiquât avec habileté et attention. Ardent et doux, il était charmant; et toutes les putains de Paris (fort nombreuses) qui le connaissaient d'avant l'aimaient encore tendrement.

*

Sous la seule surveillance, donc, du docteur du village, fief d'Henri Cresson, Ludovic se rétablissait très bien. Ce médecin, au demeurant modeste, avait dès l'accident proclamé que son patient était cassé, fatigué, brisé, mais qu'il n'avait rien d'un fou. Et, en effet, personne ne pouvait voir chez lui le moindre signe d'énervement ni d'irrégularité fonctionnelle ou psychologique. Simplement, aucun signe de vulnérabilité ou d'intérêt pour l'avenir n'apparaissait chez lui : il attendait quelque chose dont il avait peur. Mais quoi? Qui? Personne, au demeurant, ne se le demandait vraiment, car personne, dans cette maison, n'avait le souci de qui que ce soit, autre que lui-même.

*

Ayant atteint le petit perron ridicule sur la rampe duquel elle posa une main lasse, Marie-Laure fut obligée de faire un bond pour se réfugier en haut des trois marches, car un bolide lancé d'une main peu sûre venait de freiner juste à ses pieds avec une large projection de graviers qui l'eût fait sursauter ou hurler si un autre conducteur que son beau-père avait été au volant. Depuis quelque temps, Henri Cresson avait décidé que son chauffeur vieillissait et qu'il était temps pour lui de reprendre la conduite – catastrophe pour les voisins, terreur pour les animaux et ses relations quand ils le croisaient sur la route.

— Mon Dieu, père, dit quand même Marie-Laure d'une voix froide, mais où est votre chauffeur?

— L'appendicite... repos, dit gaiement Henri Cresson en descendant de sa voiture, l'appendicite...

— Mais ça fait la quatrième appendicite cette année...

— Oui, mais il en est ravi. Toutes ses assurances sociales, etc., plus son salaire, voilà un homme qui ne fiche rien avec entrain et qui reste au lit quand il le faut tellement il a peur des gendarmes, des assurances et de je ne sais plus quoi.

— C'est vous qui devriez avoir peur.

— Peur? Et de quoi? Passez, ma bru, passez, je vous en prie.

Elle détestait qu'il l'appelât «ma bru» mais il ne se privait pas de le faire, malgré les reproches de sa femme, l'imposante Sandra qui avait réussi à se planter sur les marches du perron pour accueillir aimablement son époux alors qu'elle gardait d'ordinaire la chambre.

Sandra Cresson, née Lebaille, avait un souci principal, celui du devoir. Voisine depuis toujours, par les hectares et par la fortune, d'Henri Cresson, elle avait épousé par simple peur du célibat ce veuf que l'on disait triste. Elle croyait épouser un industriel un peu vif, elle s'était mariée à un taureau fou furieux qui ne s'intéressait en rien à la vie sociale, à son grand dam. Elle avait espéré recevoir dans les pièces immenses de La Cressonnade mais devait, en fait, se borner à éviter les allers et retours éclairs de son époux dans l'affreux salon. Et ce alors qu'avant la suprématie de Sandra celle des autres femmes de la maison avait eu le temps de s'exercer.

Les deux frères d'Henri Cresson étaient morts à la guerre de 39-40 (« Ça en fait des couillons, disait gaiement Henri. 14-18 fait des héros, mais 39-40 ! »), leurs veuves étaient ensuite parties rapidement, terrorisées par leur beau-frère qui, au demeurant, les couvrait d'argent pour qu'elles lui fichent la paix. Mais elles avaient eu le temps de décorer les salles de réception et quelques chambres, ce qui faisait de cette maison, déjà bizarre, une catastrophe inimaginable : entre les cheminées marocaines de l'une, le côté espagnol de l'autre et les points d'exclamation de marbre posés par Sandra (qui développait une passion pour l'art grec), personne n'eût osé photographier ce salon.

Sandra avait de son côté trouvé dans le village de La Cressonnade un sculpteur, jusque-là affecté aux vagues statues funéraires du cimetière, qu'elle avait brusquement jeté dans la vie artistique et lointaine de la Grèce et de Rome, qui devait copier, dans des dimensions différentes et selon ses ordres, la Vénus de Milo, la Victoire de Samothrace, œuvres que Sandra avait plantées dans le salon gigantesque comme des défis ou des réclamations. Étant elle-même plus proche de la statuaire que de l'être humain, mafflue, solide et imperturbable en toutes circonstances, Sandra Cresson eût pu rester avec ses statues du matin au soir tant rien ne l'en démarquait, sinon les vêtements.

— Tiens, voilà ma femme maintenant, c'est complet ! s'exclama Henri en arrachant de son cou une écharpe déshonorante.

— Je ne vois pas en quoi cela peut vous étonner, s'écria Marie-Laure.

— Ce n'est pas que vous soyez là, ni l'une ni l'autre, qui m'étonne, dit Henri avec fermeté, c'est que je sois encore vivant, entre deux femmes aussi, aussi… comment dirais-je ? aussi vivaces, voilà le mot, vivaces…

— Ne l'êtes-vous pas vous-même ?

La voix de Marie-Laure, à force de vouloir être sarcastique, était devenue suraiguë. Laissant les deux femmes furieuses, il partit d'un pas vif vers l'horrible salon, évitant de justesse un sac de voyage abandonné au milieu de chemin, auquel il donna un coup de pied au passage.

— Qu'est-ce que c'est que ça ?

— C'est mon frère, figurez-vous, mon cher ami. C'est mon frère Philippe qui vient passer quelques jours avec nous.

— Tiens, ce cher Philippe est là.

Les nombreux défauts d'Henri Cresson étaient plutôt des absences de qualités : s'il n'était pas si méchant, il ne pensait jamais à être gentil ; s'il n'était pas si avare, il ne pensait jamais à être généreux ; et il montrait une complète indifférence au jugement d'autrui. En fait, il était assez hospitalier de nature, et la présence d'un homme, d'un vrai homme, car son fils lui semblait à présent plutôt un ange ou un fantôme, le soulageait vaguement.

— Ce bon vieux Philippe... Depuis quand l'avons-nous vu ? Ah oui, trois semaines... J'espère qu'il va bien et qu'il n'a pas de souci « amoureux ».

Il mit « amoureux » entre guillemets, éclata d'un rire péremptoire et entra dans le salon, laissant les deux femmes exaspérées.

*

Il avait épousé Sandra très vite après la mort de sa propre femme, dont on savait qu'il l'aimait, dont il n'avait jamais parlé et dont il n'avait jamais tenté de se consoler. Il avait «honoré», au sens conjugal du terme, Sandra pendant quinze jours, l'avait un peu oubliée par la suite, et maintenant lui rendait honneur épisodiquement. Sandra – de santé fragile – était soulagée de cette rareté.

Il n'avait pas manqué, bien entendu, de femmes dans ce coin de Touraine pour signaler à Sandra, dès le départ, les écarts de son époux. Mais curieusement, malgré leur nombre et leur extrême agitation, Henri Cresson n'avait jamais imposé à sa femme la connaissance ou la publicité de ses coups de sang. Il «montait à Paris», comme on disait alors, et redescendait frais et sans un mot. C'était la moindre des choses, pensait-il, envers une femme qu'il ne pouvait absolument pas honorer réellement.

C'était aussi son seul rapport avec son fils. Quand celui-ci était «monté à Paris», comme on disait, mais lui pour faire des études HEC sans espoir, néanmoins indiquées, son ignorance totale des femmes, à dix-huit ans, s'expliquait notamment par son isolement et par le collège où on l'avait enfermé avec d'autres pauvres garçons de la campagne. Or cette ignorance totale de la chose avait inquiété vaguement son père. D'autant que celui-ci avait reçu au bout de deux mois des notes de fleuriste toujours adressées à droite à gauche, ce qui l'avait terrifié. Ludovic serait assez bête pour s'amouracher d'une fille de Paris, lui faire un enfant ou Dieu sait quoi. Le père était donc allé à son tour à la capitale et avait découvert avec stupeur que ces fleurs, ces bouquets, tous ces efforts étaient réservés aux différentes prostituées qui accordaient leurs faveurs à son fils. Soulagé mais inquiet, cette fois, de la forme intellectuelle de son seul enfant, Henri lui avait expliqué que cela ne se faisait pas. Puis, au cours du déjeuner, il s'était demandé pourquoi au fond cela ne se faisait pas, pourquoi il n'enverrait pas des fleurs à des femmes qui s'étaient données au lieu de les adresser à des petites jeunes filles de bonne famille qui se refuseraient à lui.

— Oh, fais ce que tu veux, avait-il déclaré finalement.

Enchanté, le rejeton continua donc ses bonnes manières. Ce n'est que plus tard, en rencontrant Marie-Laure, qu'il était devenu malheureux : amoureux et malheureux, plus soucieux de la vie de quelqu'un d'autre que de la sienne ; moins malheureux de ne pas partager la vie de son amour.

Cet amour n'était pas tellement considéré par Marie-Laure, sinon par rapport à elle-même. Et pourtant ses parents à elle, Quentin et Fanny Crawley, s'étaient toujours aimés et avaient montré l'exemple d'une intimité, d'une passion et d'une tendresse sans défaut. Mais Marie-Laure semblait les avoir méprisés pour ça. Eux-mêmes avaient paru la fuir instinctivement, voire en avoir peur.

La mort de Quentin en avion avait fait le désespoir de Fanny Crawley. Elle disparut aux yeux de tout le monde, son visage disparut de son corps, sa gaieté disparut de sa voix, sa vie disparut pour elle-même. Le manque d'argent l'obligeant à travailler, elle fut, par la grâce de ses amis, engagée dans une maison de couture où peu à peu son aménité naturelle, sa gentillesse et son attention à autrui lui assurèrent une situation suffisante pour nourrir sa fille et elle-même. Mais ce n'était pas assez pour Marie-Laure, et du coup, Ludovic devint intéressant.

S'il ne fit pas le rapport entre les deux événements – la mort de l'un et l'intérêt de l'autre –, c'est qu'il ne voulut pas le faire ; même si Fanny détourna les yeux quand il lui demanda la main de sa fille ; même si ses amis parlèrent d'autre chose et le félicitèrent comme on félicite quelqu'un qui part pour ailleurs, pour l'Afrique, par exemple, faire son service militaire. Quelqu'un qui ne peut que se réveiller et abandonner son choix. Tout cela il le sentit, mais sans y penser, car il était fou d'amour. Et à ce moment-là, Marie-Laure fut assez intelligente, ou avisée, pour le garder, pour faire attention à lui et éviter qu'une autre fille, une autre femme ne mette la main sur le tendre, le vulnérable, le riche et oisif Ludovic Cresson. Privé de tendresse depuis sa naissance, privé de femmes toute sa jeunesse, il était vraiment l'homme à prendre sans difficulté ; il rêvait d'amour comme un ridicule Tristan du siècle précédent.

Mais cet abandon qui assurait son succès auprès de beaucoup de ses amis lui assura le mépris total et définitif de Marie-Laure. La vie était un combat. L'un des deux devait prendre les rênes et ce serait elle, elle et elle seule. L'amour physique la dégoûtait, l'ennuyait et lui faisait peur, même si l'excellent amant qu'était Ludovic s'évertuait avec ardeur, avec patience et avec douceur, lui qui rêvait de former avec Marie-Laure un couple semblable à celui de ses parents, un couple appuyé l'un à l'autre, un couple coupé en deux comme la pomme de Platon mais également uni.

2

L'escalier résonna sous un pas rythmé, une marche, tac, deux marches, tac-tac, le palier, tac-tac-tac-tac, la jeunesse semblait descendre et un sifflotement (de bon augure, celui-là, car c'était un air de Fred Astaire) se fit entendre. Après deux étages, la jeunesse avait pris trente ans. C'était Philippe Lebaille, le frère charmeur de Sandra, qui après une longue carrière de séduction et de parasitage se retrouvait de plus en plus fréquemment chez son beau-frère Henri, un Philippe qui détestait la campagne depuis toujours mais ne le proclamait plus depuis cinq ans.

C'était un bel homme, ou à tout le moins un homme qui l'avait été et ne l'oubliait jamais (fierté ou regret, selon les jours). Grand, mince, pirouettant et viril, il avait récemment eu la chance que la moustache à la Errol Flynn se mita d'elle-même, lui évitant un plagiat démodé, mais lui laissant le tic de la caresser nonchalamment, même disparue. À vingt-deux ans, beau, donc, riche, bien élevé et prétentieux, Philippe Lebaille semblait lancé dans les différents mondes ouverts à son genre d'homme par les femmes séduites et sottes du *Jet People*. Il avait dépensé son héritage mais sans jamais le partager, il avait su conquérir les femmes sans jamais les aimer, il avait été invité pendant des années partout sans rien voir que des palmiers, des palaces et des pistes de ski. Depuis plus de cinq ans aussi, il repassait à l'envers son périple sentimental, arrivé comme un cadeau, croyait-il, mais s'en détournait plus ou moins vite comme d'un mauvais souvenir. En tout cas il était là, pathétique et souriant, et posait pour un photographe invisible, comme sur la photo qui le suivait de maison en maison, de miroir en miroir, qui le montrait à Hollywood, dressé fièrement entre John Wayne et Marlene Dietrich. Le portrait était peut-être son bien le plus précieux, à part quelques montres en or et une collection de foulards indiens aussi usés que ravissants.

— En famille ! Enfin en famille ! s'exclama-t-il en rejoignant Sandra et Ludovic.

Il jeta un coup d'œil aimable, et circonspect, sur ce dernier. La folie de son beau-frère ne le gênait pas mais était pour lui chose admise puisque déclarée par sa sœur, la maîtresse de maison.

— Mais tu as l'air drôlement bien, Ludovic ! s'exclama-t-il d'ailleurs, l'air mi-ravi, mi-surpris.

Ludovic sourit d'un air fatigué.

— Merci, dit-il.

— Quel bonheur de te voir !

Dans un souffle, Sandra s'exclama à son tour en se tournant vers son frère :

— Que tu es beau !

La beauté de Philippe étant son seul capital, quoiqu'un peu moins évidente à chaque visite, elle ne pouvait que l'évoquer.

— Ah, vous voilà enfin ! ajouta-t-elle, en découvrant Marie-Laure qui, à son tour, descendait l'escalier avec légèreté, dans la même robe que l'après-midi ornée, pour le soir, d'un clip que Ludovic ne se rappelait pas avoir payé mais dont la pensée ne semblait pas vraiment fixée sur ce point.

Philippe jeta un regard au bijou de sa belle-sœur par alliance, à Ludovic, et ne trouvant que deux personnages indifférents, se contenta de sourire.

L'arrivée d'Henri Cresson bouscula tout le monde.

— Ma chère Sandra, est-ce que cela vous ennuierait que l'on dîne plus tôt? Parce que d'une part, je suis fatigué et j'ai faim, et d'autre part, il faut absolument que je voie un débat à la télévision entre un type du syndicat et un autre du patronat, ça risque de chauffer, dit-il de l'air sarcastique qu'il prenait chaque fois qu'il parlait politique.

— Naturellement, naturellement, voyons, tout est prêt. Asseyons-nous tout de suite, Martha va arriver.

*

Le chaos de son salon n'avait jamais gêné le maître de maison, mais il n'était pas homme à enjamber des obstacles divers pour parvenir à son but. Aussi avait-il exigé qu'on lui fasse, pour lui seul, une sorte de couloir, petite piste vide qui menait à son bureau à l'autre bout du salon d'où le moindre personnage ou meuble était écarté du passage; sinon, tout objet un peu traînard se voyait éjecté d'un coup de pied fougueux et un petit pouf marocain pouvait se retrouver sur un coffre gothique.

Au bout de sa course il y avait la salle à manger, le salon avec sa télévision privée, c'est-à-dire que sur une vague estrade se tenaient une table couverte d'une nappe et de cinq couverts, cinq fauteuils de cuir, dont l'un pouvait se retourner carrément, le dos aux cheminées, et faire profiter d'une télévision manifestement personnelle, à deux mètres de là, coincée contre une porte-fenêtre. Dans l'autre sens, naturellement, Henri Cresson faisait face à sa famille pour dîner, dîner après lequel on enlevait la nappe et on remettait le fax ainsi que les différents objets indispensables à l'homme d'affaires, fût-il de province.

Henri se lança d'un pas déterminé, parcourut les huit mètres qui le séparaient de son petit «salon-bureau» au pas de course, jeta sa serviette sur le fauteuil *ad hoc* et s'assit sur le sien. C'était la salle à manger décidée, pensée par lui-même. Henri Cresson avait les deux hommes en face de lui et les deux femmes à ses côtés. Et, dès la fin du repas, il pourrait faire pivoter son fauteuil et regarder sa télévision privée, tranquille, ce dont visiblement il rêvait. Naturellement, le programme qu'il choisissait n'était jamais le même que celui souhaité par les autres. Il tenait à une solitude mentale qui le reposait de leurs sottises, déjà inévitables pendant le dîner. Dîner durant lequel le patriarche Cresson se disait parfois, avec calme et philosophie, qu'il avait un fils probablement détraqué, une belle-fille mondaine et sotte, une femme laide et idiote et un crétin de parasite de beau-frère ! Un lot qu'il assumait tranquillement, avec de temps en temps des crises de colère incoercibles et imprévisibles.

Tout le monde s'assit avec rapidité - ce qui n'empêcha pas, non plus, une certaine grâce, notamment dans le cas de Marie-Laure qui arborait le nouveau clip que son beau-père ne remarqua même pas. À peine assise, Sandra commença son numéro de femme mariée américaine des mauvais films :

— Mon Dieu, mon pauvre chéri, c'est vrai que vous devez être claqué ! Vous rendez-vous compte, pour un homme, passer la journée avec des adversaires terribles en affaires et puis, brusquement, revenir dans une maison avec notre genre de famille ? Quel décalage incroyable ! Il y a de quoi être fatigué.

Elle adressa un sourire affectueux à son époux qui, sans lever les yeux de son assiette, l'inévitable potage enfin arrivé, marmonna juste :

— Ce ne sont pas de farouches adversaires que je vois toute la journée, ma chère Sandra, mais des abrutis paresseux. Et cela n'a rien à voir. Effectivement, avoir une maison où on se réfugie après tous ces chiffres est bien agréable.

Marie-Laure s'écria alors d'une voix perchée, avec un visage qui évoquait surtout des images d'Épinal.

— C'est ce qu'on appelle le repos du guerrier, voyons, Sandra, dit-elle avec un petit reproche coquin qui donna envie de rire à Philippe, en train de baisser la tête, fit rougir de plaisir Sandra - qui ne regretta pas d'avoir quitté sa chambre pour être avec les autres - et laissa indifférent, comme d'habitude, Ludovic.

Un peu pâlie, elle supporta sans broncher le regard de son beau-père, soudain devenu froid.

— Savez-vous qui j'ai rencontré une fois dans la rue ? s'exclama alors Sandra, qui sentait l'orage dans l'air sans en comprendre les causes. J'ai rencontré notre reine de France !

Il y eut un silence et, d'un air angoissé, car vraiment la folie de Sandra aurait été de trop pour lui, Henri lui demanda de répéter.

— J'ai un jour vu la reine de France dans une rue de Tours. Vous savez bien, Mme de Boyau était une Valois. À un moment, les Bourbons sont arrivés et ont pris tous les titres qu'ils ont distribués n'importe comment par la suite. Or, Mme de Boyau descendait en ligne droite du comte…, je ne sais plus le nom, mais il était normalement arrivé à la royauté assez vite. Par conséquent, la véritable héritière et épouse de France, s'il n'y avait pas eu l'histoire des Bourbons…

Devenue un peu violette, elle s'agitait, ne trouvant plus, semble-t-il, le sens de ses propos.

— Il a dû y avoir d'autres circonstances que la fourberie des Bourbons, non? s'exclama Philippe en ricanant. Je sais bien que tu sais faire la révérence à la reine, tu t'es entraînée là-dessus quand tu étais adolescente, mais je t'assure qu'il y a sûrement eu d'autres obstacles.

— Encore heureux! s'exclama Henri en mâchant son pain, tellement il en avait assez de cette famille. Naturellement il y a eu d'autres obstacles. Vous imaginez cette petite dame, Mme de… comment l'appelez-vous déjà? Comment l'appelez-vous déjà, Sandra? Cette petite femme qui est si vilaine que ça se voit même de dos! Vous voudriez imposer cela à tous les Français qui ont une télévision?

— Eh bien, eh bien…, dit cette dernière en haussant les épaules, le hasard, c'est le hasard. Pourquoi pas elle aussi bien que la comtesse de Paris actuelle? Il aurait été amusant que la reine de France vienne de notre entourage.

— Comme obstacle, il y eut la Révolution française, intervint Ludovic.

Devant les regards étonnés des quatre convives, il se reprit et, levant la main comme pour se défendre, précisa :

— Je disais ça au hasard, au passage…

Un silence gênant s'ensuivit, silence rempli de tentatives, finalement abandonnées, de chacun pour essayer de relancer la conversation.

— Et toi, tu t'es promené ? demanda Henri Cresson à son fils qui sursauta.

— Oui, père, je suis même allé jusqu'aux étangs. Les vieux étangs de Carouve, vous vous rappelez ? C'était superbe.

— On ne le voit pas de la journée, c'est simple, commenta Sandra en haussant les épaules. (Et, à haute voix :) Il n'a ni raison, ni cervelle, ni mémoire.

— C'est mieux que d'aller se soûler à Tours avec des couillons, prononça Henri Cresson, qui adressa un petit sourire à son fils, lequel ne le vit malheureusement pas et retomba dans sa distraction habituelle jusqu'au moment où il entendit son propre prénom.

— J'imagine que, vous, vous êtes restée au lit toute la journée à téléphoner ou à faire la femme d'intérieur, assena Henri à sa femme. Il n'y a que Ludovic avec ses promenades qui fasse un peu quelque chose ici.

— Mais je crains qu'il n'ait vu les moindres recoins de vos hectares, dit Philippe. Je ne sais pas ce qu'il peut faire, à moins qu'une bergère l'attende quelque part…

— Il n'y a plus de bergère, grinça Henri Cresson avec méchanceté. Il ne serait pas le seul à se promener, dans ce cas-là. Et vous-même? Marie-Laure, pourquoi ne l'accompagnez-vous pas dans ses promenades? Vous ne le suivez jamais.

— Je n'aime pas les promenades, je l'avoue.

— Vous ne l'avez pas suivi une seule fois depuis son retour, il y a un mois? s'enquit Henri.

— Un mois et quinze jours depuis hier, admit ouvertement Marie-Laure. J'ai quitté Paris le 7 juillet, et j'étais déjà partie des Alpes-Maritimes pour vous rejoindre. Cela fait donc exactement quarante-sept jours.

Sa voix âpre donnait de ces quarante-sept jours une image plus que pesante et moins qu'agréable. Un silence gêné recouvrit la table, que rompit Sandra, en maîtresse de maison avisée, une fois de plus.

— Mais j'y pense, dit-elle, il faut que nous envoyions absolument nos invitations pour le bal, enfin, pour le retour de l'enfant prodigue, rappelez-vous !... Rappelez-vous, on avait décidé que ce serait fin septembre, on avait même choisi la date et je l'ai oubliée. Mon Dieu ! J'ai la tête folle, moi, ajouta-t-elle en secouant celle-ci, abandonnant pour un instant son fier port de tête.

*

Depuis toujours, la nouvelle Mme Cresson se fiait à son port de tête pour assurer ses prérogatives et sa coquetterie. « L'important chez une femme, avait-elle coutume de dire (de plus en plus souvent d'ailleurs car il ne lui restait pas grand-chose d'autre de remarquable, à part vingt kilos superflus), c'est le port de tête, la dignité, quelque chose d'immuable qui fait s'incliner tout le monde. C'est une arme et une défense à la fois, croyez-moi. »

Excédé, Henri lui avait fait remarquer un jour que l'important n'était pas un port de tête spécial mais son contenu.

— Pourquoi, avait-il même précisé, s'obstiner à brandir une coquille vide ?

— Tu me diras ce que tu veux, Henri, le cou, les épaules, la nuque démontrent chez une femme et son éducation et sa dignité, avait-elle rétorqué.

Et lui de répondre en haussant ses épaules de taureau :

— Chacun porte ce qu'il peut.

— Demain, on s'y met, n'est-ce pas, Marie-Laure ? Il faut écrire trois cents invitations... je ne sais pas si vous vous rendez compte !

— N'oubliez pas les bergères, s'amusa Philippe, il faut les inviter aussi !

Il essayait de faire rire, l'air gai, mais l'atmosphère s'y refusait.

— Vous croyez qu'il les inviterait, demanda Marie-Laure, sarcastique, s'il en avait ? Enfin, tant qu'il ne les pousse pas dans les étangs, nous n'allons pas nous plaindre...

Et elle adopta un air de patience infinie.

On avait pris l'habitude chez les Cresson, depuis l'accident, de ne pas appeler Ludovic par son prénom, le vrai Ludovic étant mort dans leur esprit. Aussi on l'appelait « il » et on disait à son sujet n'importe quoi devant lui, comme s'il n'eût pas été là. Ludovic avait d'ailleurs toujours un œil qui errait sur la campagne à travers les fenêtres.

Henri Cresson regarda Marie-Laure et lui dit soudain d'une voix traînante :

— Ma chère Marie-Laure, vous qui avez le sens de l'exactitude, pouvez-vous me dire quelle heure est-il ?

— Il est presque huit heures vingt, répondit-elle sans lever les yeux vers son beau-père.

— Je vous remercie mille fois, ajouta Henri Cresson. Vous m'excusez, il faut vraiment que je suive le débat, je ne veux le manquer à aucun prix. Merci, à plus tard.

*

Il fit demi-tour froidement, tournant le dos à tous qui restèrent, cuillère en main, devant le dessert, prit sa télécommande et alluma la télévision. Après un bref cafouillage et la météo, l'émission qu'il souhaitait fut annoncée.

Comme les autres avaient leur télévision à eux, à mi-chemin entre les salons marocain et finlandais, ils s'installèrent sur le canapé chinois pour allumer leur poste. Il n'y avait pas grand choix pour eux dans les programmes, pas plus que pour le reste des Français du reste, à l'exception d'un feuilleton américain palpitant, accessible à tous les cœurs, dernier d'une série de dix épisodes dont on savait tout à présent. Pour dire la vérité, Philippe était aussi intéressé que les deux femmes par les aventures sentimentales d'hommes d'affaires brillants coincés entre leurs épouses, chipies, ambitieuses, et leurs enfants dégénérés. Ludovic, lui, avait déjà vu un épisode du feuilleton, durant lequel il s'était endormi presque aussitôt, à la déception générale. Il s'assit néanmoins sur un sofa et regarda la petite boîte noire avec un intérêt simulé. Après dix minutes d'annonces et un générique sur fond de belle musique tragique, tous furent absorbés par l'histoire.

De son côté, Henri Cresson avait retrouvé les adversaires syndicalistes du patronat et les écoutait en bâillant déjà un peu. Le feuilleton américain se termina bien, Dieu merci, car la France entière avait jusque-là pleuré en le regardant. Des moments émouvants avaient donné aux deux femmes les yeux rouges, mais Philippe s'était retenu devant son beau-frère, qui se serait moqué de lui pendant quinze jours. Adoptant un air indifférent, il adressa un clin d'œil à Ludovic qui, lui, avait regardé sagement et avec naïveté l'épisode, seule la musique triomphante de la fin semblant lui rendre faits et gestes.

Du côté d'Henri, les deux leaders se disaient au revoir, aucun ne cherchant plus à être subtil, les élections approchant et les politiciens n'ayant pas le temps de passer du pourquoi au comment. L'arrêt des bavardages des deux acolytes le fit sursauter ; il se tourna alors du côté des êtres humains qu'il fréquentait contre son gré depuis longtemps déjà :

— Ils n'ont dit que des conneries tout le temps. Deux imbéciles ! Ah, pauvre France ! ajouta-t-il non sans un grand contentement car il avait fait un coup à la Bourse la veille dont il n'avait pu se féliciter qu'avec son secrétaire, littéralement rampant, lui.

Il n'avait même pas à faire l'annonce dans sa famille. Aussi se leva-t-il brusquement et reprit :

— En tout cas, on ne peut pas dire (non sans une grande mauvaise foi car ses propres borborygmes avaient traversé les quatre salons) que leurs répliques aient dérangé vos mélos américains ! (Et il ajouta :) Enfin, je vous souhaite le bonsoir.

Tout aussi brusquement, il remonta ses bretelles, qu'il avait baissées, envoya un coup de pied dans une statuette Khmère égarée sur son passage, qui ne fit qu'un vol bref jusqu'à un coussin marocain, puis disparut pour faire un tour dans le parc, semblait-il.

Il est vrai qu'il faisait doux dehors, en cette soirée d'automne. Ludovic serait peut-être allé le rejoindre si les téléspectateurs n'avaient voulu exposer leurs réactions affectives, leur chagrin ou leur passion pour les trois héros du film.

Après avoir échangé des commentaires variés, sensibles et raffinés sur ce merveilleux feuilleton (seuls les Américains savaient mêler ce genre de *settlements* à leur technique bien connue), après avoir souligné la largeur d'esprit, le cœur et l'intelligence des personnages, Sandra tenta de répéter la dernière phrase entendue : « *Yes, my dear* Mrs Scott, vous l'aimiez, mais pas au point d'en mourir car l'amour, parfois, peut blesser jusqu'à la mort et s'arrêter. » Ces mots, jetés par la nourrice noire de l'héroïne, furent répétés en prenant l'accent des « bons esclaves » à l'air sain que l'on voyait souvent dans ces films d'époque, accent qui n'était pas attendu de la propriétaire de La Cressonnade. Cette intonation débonnaire et méridionale provoqua chez son frère Philippe un fou rire irrépressible qui le fit s'enfuir dans sa chambre. Les deux femmes continuèrent à discuter du comportement qu'elles-mêmes auraient pu avoir (« Oui, oui, avouons-le ») dans certaines séquences. Sandra, voyant les pieds de son beau-fils émerger d'un sofa - mexicain peut-être, ou bédouin, on ne le savait pas -, lui posa une question, avec un grain de compassion :

— Et vous, Ludovic, vous avez aimé ?

— Je n'ai pas tout vu, avoua ce dernier, mais les dialogues que j'ai entendus au début m'ont semblé un peu... lourds.

— On ne pouvait pas espérer autre chose, dit Marie-Laure à une assemblée déçue. Ludovic n'a pas vu cinq films de toute sa vie, ni lu sans doute plus de dix livres. Ni admiré plus d'un tableau.

Ludovic, souriant et insouciant du ton méprisant des deux femmes, fit remarquer calmement qu'il avait lu, toujours aimé la poésie, et devant leurs mines dubitatives, déclama soudain :

Tes yeux où rien ne se révèle,
De doux, ni d'amer
Sont deux bijoux froids où se mêlent
L'or avec le fer.

— Même en poésie, vous montrez quelque rancune pour les femmes, commenta Marie-Laure. Pauvre Verlaine !

— C'est de Baudelaire, je crois, rectifia-t-il avec douceur - ce qui acheva d'énerver Marie-Laure plus gênée que victorieuse.

— Vérifiez demain dans le dictionnaire, dit-elle en riant.

Puis, elle prit le bras de sa belle-mère (incapable, elle, de trancher entre ces deux poètes), qui, fatiguée et sentimentale, s'accrocha à elle pour monter les marches. Elles escaladèrent ainsi l'escalier, raides comme deux chèvres, Marie-Laure ayant le menton pointé en avant par la colère qui redoublait toujours sa vigueur physique.

*

Dans la pièce, les lampes étaient soigneusement éteintes déjà, comme la télévision, par le maître d'hôtel. Seule restait dans le salon l'horrible lumière de la rampe bordant la balustrade. Au milieu de toutes ces époques si variées, mais rapprochées par leur laideur authentique, cette note électrique en devenait presque rassurante. Henri Cresson avait appliqué des règles bourgeoises à la maison et n'avait plus touché à un interrupteur depuis longtemps. Il faisait remplacer de temps en temps les ampoules de 40 watts utilisées par Sandra par d'autres de 200, les faibles éclairages de sa femme lui flanquant le cafard. Il avait même interdit que l'on mît moins de 80 watts où que ce soit.

Sandra, tout comme Henri, savait que laisser des lampes allumées, des télévisions grésillantes et autres folies pouvait finir par coûter très cher, mais elle ne pouvait quand même pas monter un escalier dans le noir, une clinique coûtant plus qu'une ampoule. Aussi cria-t-elle à Ludovic, resté seul dans le salon :

— Éteignez bien la rampe, surtout !

Dernier mot d'affection et de tendresse d'une belle-mère aimante.

*

La chambre de Ludovic et de Marie-Laure était celle des jeunes mariés, ou, en l'occasion, des mariés accidentés. C'était une grande chambre, de l'autre côté de la maison, qui donnait sur des collines, d'où un petit escalier descendait à une sorte de bureau à divan où les jeunes époux étaient censés se reposer ou lire un peu entre deux gambades.

Bien entendu, Ludovic, le revenant miraculé, l'ex-débile de la famille, était supposé passer ses nuits d'amour avec sa femme, mais le petit lit de camp, la plante et les quelques livres qui constituaient la chambre de repos au rez-de-chaussée lui étaient pour le moment beaucoup plus utiles.

La grande porte-fenêtre de ce bureau donnant sur la terrasse était ouverte. Ludovic entra par elle, se déshabilla rapidement et enfila un pyjama assez drôle qui aurait été mieux à un nourrisson - il s'y était habitué, semble-t-il. Ayant allumé les deux petites lampes de chevet, il commença à monter les marches qui reliaient les deux pièces.

— Marie-Laure ? Marie-Laure ? appela-t-il d'une voix douce.

Sa femme ouvrit violemment la porte.

— Que voulez-vous ?

Sa voix retentissait dans l'escalier, s'échappait par la porte-fenêtre, toujours ouverte, passait dehors, et la vague ombre du scandale lui fit baisser le ton aussitôt. Elle reprit d'une voix sifflante, retenue entre ses dents et doublement agressive :

— Que voulez-vous ? Que voulez-vous encore !?

— J'aurais aimé vous rejoindre, dit Ludovic lentement, comme sur un ton de politesse exquise. J'aurais voulu vous retrouver.

— Jamais ! Je vous l'ai dit, jamais !

Elle se tut.

Marie-Laure avait descendu une marche et penchait maintenant sur lui un visage convulsé par la rage et la rancune, un visage comme sans âge. Vêtue d'une longue robe kimono du soir dont les grandes manches laissaient sortir des mains maigres aux ongles peints qu'elle accrochait désespérément, comme pour ne pas l'égorger, sur les deux petites rampes de chaque côté de l'escalier, elle ressemblait tout à coup, d'une manière fascinante, mais menaçante, à certaines chauves-souris immenses que l'on voit dans les zoos et qui font peur aux enfants.

Ludovic rejeta le buste en arrière et s'accrocha, lui aussi machinalement, à la petite rampe de bois. Ainsi avaient-ils l'air, non pas de jouer des divertissements amoureux entre deux amants, mais plutôt de deux ennemis mortels et qui se veulent du mal.

Du moins était-ce ainsi qu'ils apparaissaient à Henri Cresson qui, dissimulé par le platane où il s'appuyait, voyait maintenant de face le visage de sa belle-fille et celui de son fils qui s'affaissait. C'était à dix mètres, et Henri Cresson regardait et écoutait tout ce qui jaillissait de cette porte-fenêtre éclairée : des images et des mots qui laissaient son visage impavide.

— Je suis guéri, répondit Ludovic avec lenteur. Je vous aime et je suis guéri.

— Écoute, je ne voulais pas te le dire si durement, mais ton insistance tous les soirs m'y oblige : tu n'es pas guéri, tu ne seras jamais guéri ! Moi, moi qui t'ai vu chaque fois que l'on venait te rendre visite, qui t'ai vu dans des camisoles de force, ramper, mordre, baver, rire comme un imbécile avec tes compagnons de folie, comment veux-tu que j'oublie ça ? ! C'était horrible ! Crois-tu vraiment que je puisse dormir dans mon lit avec une bête fauve et méchante ? Je ne pourrai jamais te prendre contre moi, voyons, réfléchis... Pas une femme ne le pourrait. Ce regard vide, ces bras pendants, c'est repoussant ! Tu le comprends ? Mais tu le comprends ?

Henri Cresson, qui ne voyait de son poste que le visage décomposé de sa belle-fille et le dos affaissé de Ludovic, avait pris une drôle d'expression : un furieux masque de bois comme certaines idoles des îles lointaines.

— Je n'ai jamais été méchant, dit Ludovic. Je n'ai été qu'endormi.

— Comment le saurais-tu ? Ludovic, nous divorçons. Au plus vite, je t'en prie, après la soirée ! Adieu.

Elle fit demi-tour, remonta son petit bout d'escalier, heurta la dernière marche et rentra la tête baissée dans sa chambre, ce qui enleva quelque drame à son geste.

Ludovic se retourna lentement et descendit les marches avant d'aller s'allonger sur son lit. Il avait la même expression que son père, indifférente et lointaine, totalement inexpressive mais sans férocité : quand il alluma une cigarette avec une vieille allumette branlante, ce fut sans la moindre difficulté ni le moindre tremblement.

3

Le pâle et étincelant soleil d'Austerlitz, enfin, de Touraine ce jour-là, traversa la chambre monacale de Ludovic et fit passer en quelques secondes ses traits détendus par le sommeil du bien-être à la tristesse. Il battit des paupières et se souvint de l'homme qui, il le savait désormais, inspirait pour toujours à sa femme le dégoût et l'éloignement. Il tourna sa tête sur l'oreiller avec un gémissement confus. En ouvrant l'œil, il vit sortir de la manche, depuis toujours et à jamais trop courte, de son pyjama, un poignet, aux os saillants d'adolescent, au lieu du bras vigoureux qu'il avait eu. La solitude, la peur, la déception qu'il éprouvait depuis son retour, à présent expliquées par Marie-Laure, lui semblaient plus cruelles que ses ternes et interminables journées précédentes. De ses attitudes, de son physique et de la répulsion qu'il savait à présent provoquer, il ne pouvait même pas accuser l'homme qu'il était devenu si vite et si lentement, derrière les portes vitrées et épaisses des maisons de santé. Ludovic ne s'était jamais porté assez d'intérêt – il n'en avait jamais eu le temps, en fait – pour penser à se tuer et abréger ainsi une vie qu'il avait connue depuis fort peu de temps finalement. Il n'y avait pas de miroirs dans les maisons de santé, tout juste un carré de verre pour se raser, et qui plus est si les infirmiers étaient persuadés de votre envie de vivre. C'est au bout de deux ans que Ludovic s'était revu pour la première fois. Quand l'ambulance qui le ramenait à La Cressonnade s'était arrêtée devant une pharmacie, il avait découvert dans la vitrine de celle-ci le reflet de la tête d'un grand jeune homme étranger et fiévreux. Son arrivée à La Cressonnade, les « Comme tu as changé ! » de Sandra et de Marie-Laure, sans autre précision, ne l'avaient pas frappé sur-le-champ. L'air satisfait de Martin, en revanche – « Monsieur a bien meilleure mine que la dernière fois » –, l'avait fait rire : de fait, Martin l'avait vu en plein coma et déjà muni de l'extrême-onction. Sandra, non sans sévérité, avait trouvé quelque parfum d'escroquerie dans ce dernier sacrement, littéralement extorqué par un prêtre affolé à un athée dans les limbes. Au fond, ce qu'elle reprochait le plus à son beau-fils était une sorte de sournoiserie, même si elle n'en avait parlé que plus tard. Elle avait craint une bourrade de son époux qui, bien que respectueux dans ses manières, avait à certains moments des gestes injustifiables et brutaux. Il lui était ainsi arrivé, au début de leur ménage, sous prétexte de la faire taire, de lui donner des petites tapes sur l'épaule, lesquelles, lorsqu'elle continuait ses discours, se transformaient en véritables bourrades, grandes claques entre les omoplates qui la projetaient en avant. Ou, au contraire, en étreintes brutales qui l'étouffaient, son mari la serrant avec une vigueur qui détruisait tous ces projets d'exposer sa théorie à propos de Ludovic et de ses ultimes hypocrisies. Henri Cresson l'avait, cette fois, serrée sur son cœur comme un plantigrade jaloux, en lui soufflant à l'oreille : « Vous auriez trouvé plus convenable qu'il meure ? » ce qui n'était évidemment pas le cas. Mais les hommes les plus intelligents n'ont pas toujours les finesses requises par certains scrupules. Bien que femme, Marie-Laure n'avait pas non plus compris le point de vue de sa belle-mère.

*

Il était tôt, relativement tôt pour les hôtes de La Cressonnade, « mais le maître de maison était parti à l'aube », raconta Sandra aux habitants déjà levés et réunis dans la salle à manger (elle avait eu le courage de descendre) avec son mélange d'admiration et de commisération habituel.

— Il ne lui suffit pas de partir à huit heures du matin pour son bureau, s'enflamma-t-elle, il a filé à six heures. Et quand je lui ai demandé pourquoi, il m'a fait une réponse si bizarre... J'ai mal compris, sans doute...

Elle rit d'un petit air confus et coquin qui attira le regard de tous les présents.

— Nous pouvons t'aider à trouver, dit Philippe. Nous sommes habitués à la malice de ton mari.

— Il m'a répondu textuellement : « Ma chère petite, reste dans ton lit avec les vieilles plumes de tes oreillers et n'en bouge pas surtout avant mon retour ! »

Philippe, Ludovic et Marie-Laure éclatèrent de rire. Sandra se joignit à eux, au point de faire chavirer le trépied où elle s'était perchée, trépied en mica et en tissu ininflammable, intachable, incassable, inoxydable mais inchangeable et, bref, inachetable. Elle ne put que se laisser choir avec grâce sur le pouf marocain plus à sa hauteur.

Elle leva le doigt vers Martin, le majordome.

— Il faudrait renvoyer ça à cette usine en Suède ou ailleurs, dit-elle avec sévérité pour se donner de l'assurance.

— Cette usine a fait faillite il y a soixante ans, marmonna Philippe, je suis désolé. D'ailleurs, je voulais t'offrir un fauteuil de jardin du même décorateur qui s'appelait Checker, mais qui est, hélas, introuvable, fini.

— Les choses belles et originales ne sont plus à la mode, déplora sa sœur en reprenant une tranche de cake, la sienne ayant glissé sous le «zébu», animal improprement appelé ainsi et dont on avait conservé le squelette, la peau et la tête grâce à des réparations aussi fréquentes qu'onéreuses.

Cette bête atroce, au demeurant inconnue des musées les plus insolites, avait toujours épouvanté les enfants et les animaux comme révulsé les adultes. Avec le temps, des chiens audacieux en avaient arraché des morceaux, ses poils étaient partis ainsi que ses écailles, et elle ne ressemblait strictement plus à rien, sinon à l'animal le plus gros et le plus laid de la planète Terre et de l'ère du diplodocus. Cette sorte de zébu trônait dans le salon, sa grosse queue enroulée autour de la copie du sarcophage de Toutankhamon et la tête touchant l'armoire gothique autrefois propriété d'un curé de l'Inquisition. Quoi qu'il en soit, ce débris n'était pas beau à voir. D'ailleurs, la famille ne le voyait plus : seuls les étrangers s'en effrayaient encore, car il avait dû être gigantesque dans son genre (sans être, comme le prétendait Sandra, le challenger triomphant des diplodocus prétentieux).

*

Henri Cresson s'était effectivement levé très tôt, ayant mal dormi. Le round Marie-Laure/Ludovic de la veille observé de son platane avait troublé son sommeil. S'il n'était pas un protecteur attentif de son fils, il s'était néanmoins habitué à le croire heureux longtemps et le voyait à présent incapable de le redevenir. Or se déroulait sous son toit un sinistre combat inégal, dont la victime désignée s'appelait Ludovic, qui était de son sang et de sa responsabilité. Henri Cresson était donc de mauvaise humeur en se réveillant, mauvaise humeur qui se transforma en rage contre lui-même, contre les gens, contre les autres, contre tout ce qui, hormis l'abandon complet, l'abandon total de sa première femme, se mettait entre les êtres humains et les poussait à s'accoupler et à vivre ensemble comme des animaux de triste compagnie.

On eût pu dire qu'Henri Cresson était perpétuellement de mauvaise humeur, ou perpétuellement au bord d'une colère, mais c'était faux : il justifiait ce tempérament par des raisons logiques à ses yeux. Une affaire qui ne marchait pas, quelqu'un qui lui tenait tête, une jolie femme qui l'ennuyait, quelque chose qu'il ne désirait pas. Enfin là, il avait à faire. Mais quoi, d'ailleurs ?

Ah oui : parler de ce grand crétin de Ludovic à une prostituée établie. Il monta donc dans sa voiture, se rappela qu'on se garait mal dans la rue de cette personne, puis décida qu'il trouverait une place. Et il la trouva.

Mme Hamel était au rendez-vous, bien avant lui, mais cela il l'ignorait. Elle avait eu le temps de donner un petit coup de plumeau au bar, avait libéré deux tabourets et les avait éloignés des autres, comme si ces simples objets de bois destinés à s'asseoir pouvaient être des témoins indésirables. Elle avait aussi sorti une bouteille de whisky, une autre de Ricard, une de Perrier et une de Coca-Cola. On ne savait jamais : les hommes changeaient, et leurs goûts étaient parfois de plus en plus bizarres.

Henri Cresson entra d'un pas dégagé, traversa le petit vestibule comme il eût traversé un lieu familier et, arrivé devant Mme Hamel, lui prit le bout des doigts, s'inclina et les baisa. Elle adorait ça, il se le rappelait vaguement. Cela correspondait sans doute à l'idée qu'elle se faisait des gentlemen.

Il s'assit sur le tabouret près d'elle, hésita de la main au-dessus des quatre bouteilles et finalement se releva, retomba sur la pointe de ses pieds car, on ne le sait peut-être pas, il était d'une taille moyenne et la jambe un peu courte. Il sauta donc de son perchoir, alla quérir une bouteille de vodka et la rapporta jusqu'au bar où il se rassit avec le même effort et en posant triomphalement son trophée.

Mme Hamel ne se contenta pas de le laisser faire, elle courut autour de lui en s'agitant, chercha de la glace, du soda, à moins qu'il ne préférât de l'Indian Tonic?, etc. Enfin elle finit par s'arrêter, prit une vodka aussi et ils trinquèrent comme de vieux amis ou des gens qui ne se connaissent pas ou plus, ce qui était le cas.

— Toujours belle, dit Henri Cresson d'une voix dure, les compliments l'ennuyant venant de lui-même et encore plus venant des autres.

— Vous plaisantez, répondit-elle. Toujours galant, mais vous plaisantez.

— Jamais sur les choses sérieuses, sourit-il.

Et il avala une gorgée de vodka tant, brusquement, sa démarche lui paraissait difficile ou absurde, en tout cas trop belle ou trop intéressante pour cette femme maquillée en institutrice. Mme Hamel vit aussitôt que la conversation ne serait pas si facile et lui jeta quelques inutilités, propres, elle le savait, à détendre une conversation : « Comment allait-il ? Et pourquoi ne le voyait-on plus ? Était-il content de ses affaires ? Tout le monde ne parlait plus que de lui et de sa réussite... À Paris même, semblait-il. Avait-il vraiment des ambitions politiques ? » Il laissa passer, à l'exception du dernier point qu'il agrémenta d'un simple geste de la main ouverte vers le sol.

— La politique. Jamais ! Foutaises, strictement foutaises !

Elle opina du chef.

— Bon ! dit-il en tapant sur le bar de la paume de sa main, je ne veux pas vous faire perdre de temps. Voilà mon problème : vous savez que mon fils, le seul, Ludovic, a eu un grave accident ?

— Mais bien sûr, bien sûr...

— Bon. Vous savez qu'après on l'a laissé traîner dans des espèces de maisons de santé ridicules où il a perdu son temps, mon argent et les médicaments à la noix de ses psy... psychiatres. Vous êtes au courant? Bien sûr. On a beau être la discrétion même...

Il ricana à nouveau. Mme Hamel, bizarrement, était gênée. Elle avait pensé à tout sauf à ce qu'il lui parle de son fils. C'était étrange.

— Justement, on ne parle pas assez de votre fils. On en parle, plus exactement, mais on n'en dit que des bêtises. On ne sait pas, on ne sait plus.

— Oui, oui, dit-il. L'avez-vous vu?

— Mais bien sûr que non, il ne se montre pas. Le jardinier de la mairie l'a croisé par hasard en allant décharger chez vous je ne sais quoi. Il l'a trouvé bien de loin, mince, mais il n'a pas parlé. Ce n'est pas intelligent, cela. Il faut que votre Ludovic sorte, qu'il se montre, qu'il prouve à tout le monde qu'il n'est pas...

Elle s'arrêta puis haussa les épaules.

— Qu'il n'est pas fou? reprit Henri Cresson. Il ne l'est pas, en admettant même qu'il l'ait jamais été. Il a été en revanche abruti par des crétins. Et il va reprendre son travail très vite mais tout cela l'a sonné, vous comprenez?

Deux ans bourré de calmants divers, ça ne réussit à personne.

— Je vous crois, approuva Mme Hamel, prête à enchaîner sur une histoire édifiante, qu'il balaya de la main aussitôt.

Et elle reprit son air attentif.

— Il n'a pas eu de femmes pendant deux ans. Il a un tempérament, comme tous les Cresson, disons vif, et il a été privé de femmes pendant deux ans, ce qui est très mauvais.

— Mais sa femme est venue illico le rejoindre et s'occuper de lui ! C'est une belle-fille délicieuse que vous avez là, et elle est ravissante en plus et…

Il la coupa.

— Non, elle est peut-être jolie mais c'est une garce, une ambitieuse, enfin, rien de ce qu'il faut pour ce garçon naïf, gentil, attentionné. Il ne sortira pas de là, dit-il avec une vague nostalgie. Enfin, quoi qu'il en soit, elle lui fait croire qu'il n'est pas possible pour une femme de renouer avec un homme qui a été fou. Et elle le bat froid, voilà. Elle lui refuse son lit.

Mme Hamel eut un violent soubresaut qui faillit la jeter au bas de son tabouret. Cette phrase « refuser son lit » était la chose la plus épouvantable qu'elle connût, vu son métier.

— Mais c'est… c'est infernal ! Et illégal en plus, savez-vous ! Vous pouvez exiger…

L'expression d'Henri Cresson lui montra qu'il n'y avait rien à exiger, sauf qu'elle l'écoute.

— Que pensez-vous faire ?

— Je pense le rassurer très vite à ce sujet. Je regrette que vous ne l'ayez pas vu. Il est revenu plus beau qu'avant, plus charmant encore. C'était un beau garçon, rappelez-vous.

— Ah, ça oui ! dit-elle en hochant la tête. C'était un beau garçon, gai, qui plaisait aux filles, et en plus, elles l'aimaient toutes beaucoup. Votre fils était un garçon très bien et je ne vois pas comment un médicament aurait pu en faire un… un… une brute.

— Moi non plus. Il faudrait qu'une de vos… demoiselles le rassure. Cela vous paraît-il possible ?

— Mais naturellement, approuva Mme Hamel qu'aussitôt la réputation trouble, bizarre, inquiétante même de Ludovic Cresson perturba toutefois, légèrement.

Là ce n'était pas si simple. Voyons, qui ?… Qui ?… Qui ? Des silhouettes, des visages se mirent à valser devant ses yeux. Trop jeune ou trop idiote…

— Évidemment il ne faut pas une petite sotte ni une névrosée, disait justement Henri Cresson.

Il faut une femme, une bonne femme qui aime bien les garçons, qui sache s'en occuper, en tout cas dans ces circonstances. Nous sommes d'accord ?

— Attendez, attendez... Je pense justement à une jeune femme charmante, que vous ne connaissez pas vous-même, qui vient d'arriver de Paris, de Clichy plutôt, qui n'a pas froid aux yeux.

— Mais mon fils n'a pas besoin d'une femme intrépide ! s'énerva Henri en frappant à nouveau le comptoir. C'est seulement une nouvelle expérience de la vie qu'il lui faut. Bref, aidons-le. Et cela fait, tout ira mieux. Et pour lui, et pour nous.

— Ce doit être une situation impossible. Pour votre pauvre femme aussi.

— Bof, elle n'en sait rien, elle ne sait jamais rien de rien, d'ailleurs. Mais lui sait parce que sa garce de femme lui a dit, et il croit être devenu repoussant. Ce qui est loin d'être la vérité. D'ailleurs, c'est simple, je vous le conduis après déjeuner.

— Mais voyons, monsieur Cresson, vous plaisantez, je vous fais absolument confiance ! Ce grand jeune homme...

Il retapa sur le bar.

— C'est pour ça ! Je veux que vous le voyiez. Ou vous allez me taxer d'inconscience, ou alors vous serez d'accord avec moi totalement. Je serai là vers deux heures et demie.

Dans la même seconde il tourna les talons et prit la porte. Mme Hamel, un peu cramoisie et décomposée par la finesse de sa tâche, se saisit d'un papier, d'un stylo et commença à inscrire des prénoms qui semblaient tomber de sa plume comme les pommes d'un arbre au printemps.

*

Il était midi et demi, une heure peut-être. Henri Cresson aurait très bien pu rentrer chez lui déjeuner et emporter sous le bras son fils Ludovic après ce faire, mais il réfléchit un instant : déjà passer un dîner en famille l'épuisait, l'agaçait et l'énervait, alors prendre deux repas par jour lui serait insupportable. Il s'arrêta donc en chemin dans une auberge qu'il connaissait où il mangea une délicieuse andouillette, plat que sa femme n'appréciait pas beaucoup dans ses assiettes. Il fallait néanmoins téléphoner à la maison pour éviter que Ludovic ne se transforme en courant d'air après le déjeuner et ne soit pas là à son arrivée.

Il appela et tomba sur Martin, qui avait sa voix d'homme logique, signe qu'il avait dû faire une imbécillité quelconque, auquel cas, le visage impassible plus que jamais, il ressemblerait vaguement à M. Spock, ce héros de feuilleton de science-fiction que lui et Ludovic adoraient. Le seul personnage de fiction qu'ils aient connu et, de surcroît, apprécié ensemble.

— Ces dames et ces messieurs sont…, commença le maître d'hôtel d'une voix dolente et froide.

— Je ne te demande pas où ils sont, je te demande de m'en passer un. Oh, d'ailleurs, pas la peine : dis simplement à Ludovic que je viendrai le chercher après le déjeuner.

— Monsieur viendra chercher Monsieur après déjeuner ? Très bien, je lui dirai, Monsieur.

— Ça va bien, Martin ?

— Tout à fait bien, Monsieur, merci.

Henri raccrocha précipitamment. Il devait y avoir, une fois de plus, un drame domestique à La Cressonnade, et il se félicita de cet instinct qui l'en avait détourné, tout au moins une heure. « Confortablement installé dans un fauteuil anglais avec ton chien à tes pieds, une bonne bouteille de scotch et un bon feu de cheminée », entendait-il parfois : quelles rêveries de crétin désœuvré.

Pour en revenir à ce lever matinal et à son arrivée prématurée à l'usine, déserte au demeurant, le malaise qui l'accompagnait n'avait pas disparu. Les quelques bizarreries qu'il avait commises depuis, c'est le mot, ne l'avaient en rien distrait. En fait, il se passait, sous son toit, sans qu'il s'en soit rendu compte, un obscur combat dont il ignorait tout : premier point désagréable. Deuxio, le rapport de force se révélait absolument faussé : l'un des adversaires était vulnérable et l'autre féroce, le premier étant le plus tendre et le plus doux, on ne pouvait rien à cette situation. Et troisième point, enfin, pour tout arranger, la victime était de son sang et de sa parenté la plus directe ; il s'agissait de son seul fils.

Le personnage de Ludovic, tel qu'il l'entrevoyait actuellement, ce garçon lunaire, vulnérable pour tout le monde mais défendable par personne, se retrouvait protégé par rien sinon ces trois ans de silence. Bien sûr lui-même avait poliment refusé de voir et d'écouter les agaçantes méchancetés, l'attitude des plus ridicules et, à ses yeux, grotesque, de Marie-Laure. Bien sûr, après la découverte du refus de celle-ci de partager le lit de son époux, qu'il y avait un mois maintenant qu'elle lui disait non, que Ludovic supportait ces « non » et qu'elle jetait à bas sa virilité, Henri voyait les choses autrement. Car cela faisait en somme bien des soirées qu'elle disait le pire à un homme qui aimait les femmes, et Dieu sait si Ludovic les aimait, bien plus que lui, Henri, puisqu'il y mêlait toujours de la tendresse, de la protection, de la délicatesse. Peut-être avait-il assisté au pire, la veille au soir, sous ce platane providentiel, quand il avait vu de loin ces deux visages, dont l'un ravagé par la honte, la peur et le refus de croire que les choses ne pouvaient encore être arrangées, quand il avait entendu les paroles effroyables de cette garce. Une garce dont le petit visage joli, brandi devant son fils, était devenu meurtrier et celui d'une jeune femme maintenant prête à tout.

Il se rendit alors compte de quelle façon certains jeunes gens pouvaient s'effondrer ou devenir des lâches face à cette espèce avec laquelle ils étaient forcés de faire des enfants et de bâtir leur vie. Certes, Henri lui-même n'avait peur de rien, pas même de ce genre de créatures qui lui auraient probablement plu, et il n'ignorait pas la férocité native en lui, instinct de survie, de plaisir et d'autorité plus inexorable encore que le désir de destruction. Mais, là, il avait assisté à une répétition de ce que serait sans doute la fin d'un destin, qui eût pu être heureux, qui l'avait été, tant Ludovic, il le savait, ne manquait pas de dispositions pour le bonheur. Mais pour l'heure, son fils était comme foudroyé : il faisait par moments, à Henri, l'effet d'un ange ou d'un fantôme. Il fallait absolument que Ludovic reprenne confiance en lui et qu'il fasse mordre la poussière à cette gorgone aux traits si doux et aux vêtements si impeccables, à cette épouse si élégante de corps et si vulgaire d'esprit, à cette femme sans cœur.

Autrefois, Henri Cresson avait lu tout Balzac – à vingt ans peut-être? –, et dans les moments les plus criards ou les plus agités de son existence il s'était référé à cette œuvre romanesque, où souvent l'homme est sentimental et, à ses yeux, un peu lâche, univers d'abandon et de désastre intérieur composé de victimes ou de goujats, de petits ambitieux et de grands débiles fortunés. Ah, non! Non! Son Ludovic ne faisait pas partie de ces cyniques puérils ni de ces ambitieux. Un homme normal ne passait pas par les femmes pour faire sa fortune. Et s'il supportait ça de ce pauvre Philippe, c'était uniquement parce que son beau-frère était de la famille par alliance, n'avait pas un franc et que l'absence de francs lui paraissait une maladie aussi épouvantable et pitoyable que le zona ou la poliomyélite.

À son bureau, perdu dans ses réflexions, il brisa trois ou quatre crayons, mit en pièces quelques papiers dont il fit des fléchettes qui allèrent annoncer aux étages du dessous, occupés par ses secrétaires, qu'il ne fallait pas, surtout pas, le contrarier de la journée. La fléchette, lancée du premier et voltigeant devant les carreaux du rez-de-chaussée était comme le tocsin pour tout son personnel.

*

Sylvia Hamel était née à Tours, soixante-huit années auparavant. Après dix ans consacrés aux voyages et à son instruction, elle était revenue fortune faite ou, en tout cas, ayant acquis la technique et les moyens de remédier à ses caprices. Cela était d'autant plus facile dans une ville où elle était honorablement connue et où elle avait laissé filtrer les nouvelles de sa bonne fortune, de ses travaux louables, honorables même, et de ses réussites diverses tout le temps qu'elle avait disparu. C'était l'une des choses qu'elle avait apprises : ne jamais laisser les gens vous oublier ni vous déconsidérer. L'absence discrédite facilement qui que ce soit; pour des provinciaux surtout, aux yeux desquels ne pas habiter sa ville signifie qu'on ne peut y vivre en aucune manière ou qu'on ne veut plus y habiter, auquel cas ce serait un signe de défaillance passagère.

Depuis dix ans, depuis son retour donc, Mme Hamel, visage rond, cheveux blancs, léger embonpoint et élégance tout à fait provinciale et cossue, propriétaire d'un hôtel particulier où elle abritait exceptionnellement quelques malheureuses, battues par leur mari ou attaquées par l'existence, avait des rôles étonnamment divers dans la bonne cité. Elle tenait en main un régiment de femmes du monde, enfin de province, opulentes et affriolantes, qui, frappées de charité comme on l'est de variole ou de choléra, se répandaient, sur ses instructions, en de nombreuses visites. Mme Hamel se voyait donc détentrice de deux rôles pas si éloignés puisqu'elle soignait les corps des hommes et l'esprit des femmes. Et avait pris quasi naturellement la vraie direction de la ville, la seule importante à ses yeux bien qu'elle eût habité successivement Lyon, Miami, Detroit et, pour finir, Orléans, dernière étape de son périple dans le vaste monde. On ignorait les mariages ou les alliances qu'elle avait pu contracter durant ces dix années, mais on savait qu'elle gardait avec certains milieux influents les liens les plus solides, et que quiconque oserait venir l'ennuyer commettrait une bêtise grave.

Mais entre l'église Saint-Julien dont elle dirigeait les chœurs, les finances et le curé, un pauvre homme à l'esprit complètement troublé dont on ne sait pourquoi elle défendait ardemment la cause, toutes les organisations caritatives, sans oublier certaines légèrement illicites, dont elle s'occupait, jamais elle ne manquait de pouvoir. Toujours, aux aléas et ennuis, Sylvia Hamel opposait son front d'airain, sa tranquillité et son sourire bienveillant destiné aux riches – et parfois, quand elle était sur le point de les achever ou de les acheter, aussi aux pauvres.

Henri Cresson avait longtemps été un client fidèle des call-girls qu'elle lui envoyait par ordre décroissant, sur le plan esthétique ou technique. Puis son mariage avec Sandra Lebaille lui avait fait quitter cette relation un peu trop voyante et reporter ses ardeurs vers la capitale ou certains hôtels situés à mi-chemin. C'était là qu'il retrouvait désormais les jolies filles du coin. Au moins se montrait-il, avec elles, courtois, poli et efficace pour lui-même.

*

Lorsqu'il arriva à La Cressonnade pour prendre Ludovic, sa petite famille savourait le dessert sur la terrasse. Surpris lui-même, Henri Cresson trouva cette scène de déjeuner, ces beaux arbres dans le parc et ce parfum de chocolat tout à fait exquis. Sans descendre de voiture, il dévisagea chacun des convives. Sandra, cette forte femme, devenue ridicule ; Philippe, son parasite de frère et grand dandin ; Marie-Laure, cette petite garce sans gaieté, sans *sexe* et sans cœur. Le dernier qu'il regarda et auquel il fit signe de le suivre, était beaucoup moins déshonorant. Un peu étranger peut-être, un peu flou, trop vulnérable pour sa femme et trop innocent, certes… Non que lui-même, Henri, aimât l'innocence, qui était à ses yeux issue de comédie ou de déficience mentale…

— Mais où allez-vous donc tous les deux ? cria alors Sandra.

Cet appel rauque et agacé surprit les deux interpellés. Ludovic ferma précipitamment la portière de la voiture. Henri marmonna des phrases indistinctes, accéléra pour s'enfuir et ne ralentit qu'à la petite route départementale, aujourd'hui détrônée par une nouvelle voie large, triomphante et presque parallèle qui reliait tout à partout, grâce à des ronds-points aussi innombrables qu'inutiles. Il préférait secrètement la bonne vieille route qui, avec dix kilomètres de plus, évitait ces ronds-points, les feux rouges et les déviations, bref, tous les derniers progrès.

En la regardant avec des yeux de passager, Ludovic Cresson se rendit compte à quel point cette route semblait désormais bucolique mais démodée. Elle n'était plus fréquentée par les voitures. Les indications kilométriques avaient l'air de vraies bornes avec leurs chapeaux rouges et leurs lettres délavées par la pluie. Les arbres jaunes et verts, qu'on avait négligé de couper, semblaient des dangers bénins et nostalgiques. Tout autant que les réclames sur les panneaux de fer-blanc, ne tenant plus que par un bras à leurs poteaux et où on lisait, en penchant la tête : « Fief des Escargots 300 mètres », « Ici on mange et on boit », ou « Le Rendez-vous des Rieurs », alors qu'on n'entendait plus le moindre rieur dans le silence de cette campagne. En réalité il s'agissait d'une route défaite, battue par sa récente rivale dont, à quelques kilomètres, on distinguait le vrombissement par moments, une route à ne pas montrer aux enfants ayant foi dans le progrès, la vitesse, l'anonymat. Car nul d'entre eux ne se souviendrait du « Rendez-vous des Rieurs» puisque, comme Henri Cresson, ils n'y mettraient jamais les pieds.

Ludovic ne disait rien. Son père accéléra de plus belle jusqu'au moment où ils purent, après un virage, apercevoir des pandores d'autrefois, trois ou quatre gendarmes fumant des cigarettes et se retournant sur leur passage.

— Où allons-nous? commença Ludovic d'une voix conciliante, douce et déjà consentante.

«Si je lui disais qu'on va planter des petits pois dans un village de l'Équateur pendant trois mois, il dirait oui», pensa Henri. Comme il y a peu de père que l'impuissance de leur enfant dérange, il s'irrita de sa propre appréhension.

— Tu te souviens de Mme Hamel? demanda-t-il mais comme une affirmation.

— Bien sûr, dit Ludovic avec entrain, avant de se rembrunir, ce qui réconforta son père dans ses projets.

— Je l'ai rencontrée au restaurant et elle nous a invités à prendre une fine chez elle. Elle veut me montrer son nouveau cheptel. Superbe, paraît-il. Alors je me suis dit : «Tiens, si Ludovic, toujours coincé à La Cressonnade, n'a rien à faire, comme il ne conduit toujours pas, peut-être que ça l'amuserait... Rien à voir avec une vie conjugale, bien entendu, nous sommes d'accord là-dessus, n'est-ce pas?

Henri Cresson éclata d'un grand rire qui se voulait graveleux, complice, familier, et qui ne lui allait pas du tout.

Mme Hamel était là avec deux ravissantes personnes, maquillées comme à la nuit, qui semblaient enchantées de ces rencontres.

L'esquive progressive, d'abord de son père avec l'une des filles, puis de Mme Hamel elle-même, laissa Ludovic et l'autre jeune femme en tête à tête dans le petit salon – qui ressemblait à celui d'un dentiste au demeurant – où baignait une semi-obscurité presque inquiétante. Obscurité qui amena la belle créature tout contre l'héritier Cresson. Celui-ci tremblait comme une feuille, sentait revenir en lui des sensations si lointaines qu'il se conduisit plus comme un hussard que comme un maître d'amour. Ensuite, Alma – car elle s'appelait Alma – lui demanda s'il ne pouvait pas revenir le lendemain, mais chez elle « où ils seraient plus à l'aise ». Il dit « Oui, oh oui ! » avec un enthousiasme qu'elle trouva charmant.

*

Henri Cresson, enchanté de sa propre délicatesse, attendait son fils en bas de la maison et le happa dès sa sortie par la manche, non sans lui avoir tapoté l'épaule en signe de félicitation, oubliant au passage que Ludovic avait trente-cinq ans.

— Bouche cousue, hein ? recommanda-t-il. Si nous avons cette harpie sur le dos à nous épier…

— Je ne crois pas que Marie-Laure pense même à douter de ma fidélité, dit pensivement mais gaiement Ludovic.

— Elle a tort. En tout cas, Caroline, la nouvelle engagée de Mme Hamel, était navrée que tu lui préfères Alma. Tu veux que je te dise, mon garçon : tu as toujours été bel homme, mais depuis tes… tes séjours à droite et à gauche, tu es mieux qu'avant. Tu as un air… euh… comment dire… intéressant.

Là-dessus, en jeunes gens avertis et assurés, ils échangèrent un sourire confiant, et même triomphant, qu'ils n'avaient jamais eu l'occasion ni l'idée jusqu'alors de partager.

Au retour, ils s'arrêtèrent au bord de la route au café « Au Carrefour », où ils partagèrent une bouteille de J & B. Puis Ludovic quitta son père devant le portail de La Cressonnade et regagna la maison en faisant des bonds comme un jeune homme un peu arriéré, serrant parfois un arbre entre ses bras et sautant les barrières de la pelouse comme autant d'obstacles. Il s'engouffra ensuite dans sa chambre et lança à son reflet dans la glace un sourire complice que, s'il en eut été capable, il eût pu qualifier de lubrique.

4

Le train de Paris entra dans la gare de Tours à 16 h 10, l'heure prévue. Sur le quai patientaient, depuis vingt minutes, deux hommes, guindés et cravatés, le plus jeune poussant un chariot à bagages vide. Henri Cresson, qui, détestait attendre, d'une manière pathologique, avait déjà arpenté plus de dix fois le quai, son fils faisant office de « check-point » qu'il dépassait dans les deux sens.

Seul un très vague souci de respectabilité retenait Henri Cresson dans la gare de Tours. Il pensait que Fanny pourrait assumer ce rôle, et encore n'était-il pas sûr de son choix. La seule fois où ils s'étaient vus, au mariage de leurs enfants, cela avait été sinistre. La noce avait eu lieu quatre mois après la mort de Quentin Crawley, et Fanny n'était pas un visage, n'avait pas de traits, pas de regard sinon ceux du chagrin. La cérémonie, des plus modeste, avait eu lieu à Paris et Henri Cresson se la rappelait comme d'un cauchemar ennuyeux et lent. Seul le bonheur de Ludovic avait apporté quelque éclat, quelque justification à ces instants moroses.

Quand le train entra en gare et s'arrêta, Henri tourna la tête vers les premières, passées devant lui. Et là il vit une femme, l'élégance même, qui sans jeter un œil vers lui descendait les marches en souriant à un pauvre diable qui se coltinait les bagages de la passagère en l'en remerciant presque. Il y avait deux wagons de premières, celui de Fanny arrivait en tête. L'empereur du cresson, des fruits secs et autres folies se mit à trotter vers cette grande silhouette, qui, ayant rajusté son chapeau à la Garbo, serrait longuement les mains de son porteur inconnu, malheureux voyageur qui déposait le dixième bagage, peut-être, aux pieds de Fanny, avant de sauter dans le train qui repartait. Il n'empêche, elle secoua la main dans sa direction et ce n'est qu'après sa disparition au loin qu'elle remit son chapeau bien droit sur sa tête, qu'elle ôta ses lunettes de soleil et parcourut le quai du regard, de deux yeux fendus, marron, lumineux, au-dessus d'une belle bouche au sourire éclatant et affable. «Un visage heureux, presque», pensa Henri Cresson en accélérant le pas malgré lui.

Célèbre pour être l'une des meilleures assistantes du grand couturier Kempt, Fanny était connue aussi pour son charme, son courage et son cœur. Elle avait un grand goût de la vie, du moins l'avait-elle eu jusqu'à la mort de son époux. Au moins maintenant faisait-elle manifestement très bien semblant, ne passant plus tout son temps à l'oublier, même si c'était encore un peu juste.

Henri apparut devant elle et lui prit la main avec enthousiasme et, même considération, sentiment rare chez lui.

— Henri Cresson, dit-il en s'inclinant

— Et je suis Fanny Crawley. J'ai eu du mal, pardon, à vous reconnaître.

— Moi aussi, répondit Henri avec force.

Et il ajouta avec naturel :

— Vous étiez déjà très belle, mais vous aviez tellement de chagrin…

Comme il hochait la tête en professionnel des sentiments, les yeux railleurs couleur châtaigne de Fanny Crawley devinrent plus clairs et tendres. Elle passa une seconde la main sur sa joue, très vite, et ils se revirent traverser le hall sinistre de cet hôtel où avait eu lieu le déjeuner de mariage, ainsi que les pièces aussi déprimantes de la mairie. Ils s'en détournèrent d'un même mouvement, comme d'un spectacle oublié.

— N'avions-nous pas des enfants mariés ensemble, autrefois ? Où sont-ils passés ? demanda Fanny en riant.

Ce qui permit à Henri Cresson de se rappeler, en effet, ce qu'il faisait sur ce quai avec cette étrangère, cette belle étrangère.

— Ludovic ! cria-t-il.

Il fit demi-tour et aperçut son dadais de fils accroché au chariot à bagages qui, bloqué, ne pouvait ni reculer, ni avancer d'aucune sorte. Tendu comme un arc devant ce misérable engin, le jeune homme jurait doucement mais distinctement.

— Quel nigaud ! Je vais lui montrer, attendez-moi.

Fanny vit Henri Cresson marcher d'un pas décidé vers son fils, hausser les épaules, tirer un petit clapet invisible mais efficace, et faire reculer l'engin pour prendre de l'élan. Hélas le chariot, sous la brusque impulsion, répondit par un véritable bond en avant et tomba sur les rails. Ludovic rattrapa son père au vol, lequel se cramponna à lui, ce qui leur fit exécuter une gigue ridicule mais salvatrice. Ils se retrouvèrent debout, haletants et stupéfaits. Un rire enchanté leur rendit leurs esprits.

— Mon Dieu ! dit Fanny Crawley, mon Dieu, que vous m'avez fait peur ! Seriez-vous Ludovic ? Ce n'est pas vrai, vous aviez l'air d'un play-boy quand je vous ai connu, mais pas d'un étudiant. Vous avez maigri, non ?

— Il a bien perdu dix kilos, oui, intervint Henri en secouant la tête.

— C'est mieux que si vous les aviez pris, répondit-elle. Ces maudits tranquillisants font grossir et vieillir n'importe qui. Vous, c'est le contraire... Auriez-vous la bonté de prendre l'un de ces chariots bizarres pour mes bagages ?

Ludovic leva les bras au ciel devant son étourderie sous le regard de reproche de son père et partit au galop à l'autre bout du quai.

— N'ayez pas peur, expliqua Fanny à Henri Cresson, je me déplace toujours avec des bagages effrayants à voir pour mes hôtes, mais n'ouvre généralement qu'une valise.

Ludovic avait disparu quelque part et Henri s'énerva.

— Enfin où est-il ? Et vous devez être épuisée, en plus... Quel idiot, ce garçon !

— N'oubliez pas que je suis venue ici pour rappeler à toute la Touraine que votre fils n'est pas idiot, justement.

Apparut alors un Ludovic triomphant, revenu dans leur champ de vision mais à l'opposé de là où il aurait dû être, visiblement maître absolu de son engin. Il l'arrêta devant eux et y entassa les valises, malles et cartons à chapeaux comme il put.

— Que de bagages ! s'écria-t-il.

Henri Cresson frémit devant cette grossièreté, quand Ludovic ajouta :

— Quelle chance ! Cela prouve que vous resterez un peu plus longtemps parmi nous.

Et le fils Cresson tourna vers elle un visage si absurdement jeune, aux yeux si solitaires, à la bouche aux coins relevés et à la lèvre inférieure si généreuse et charnue qu'elle en dévoilait sa bonté, que Fanny Crawley se dit : « Il est tellement différent et tellement plus sympathique que le beau-fils que j'ai eu jusqu'alors. »

Elle le regarda empiler quelques bagages – les autres seraient livrés – dans le cabriolet de son père et redressa une fois de plus son chapeau. Henri Cresson lui ouvrit la portière avant, et elle s'assit, montrant évidemment ses jambes… sur lesquelles Henri ne put s'empêcher de jeter un regard rapide et gourmand de vieux séducteur.

*

Ludovic passa derrière et s'installa de biais sur le bord de la banquette, entre deux valises un peu dures et un carton à chapeaux dont le papier de soie débordait.

— Ce n'est pas vous qui conduisez, Ludovic, dit-elle tout à coup, si bien que le conducteur en cala.

Henri Cresson remit le moteur en marche et ne répondit qu'après deux cents mètres.

— Vous savez, Ludovic ne conduit plus depuis l'accident.

— Mais ce n'est pas lui qui se trouvait au volant.

Fanny avait l'air sévère.

— Vous êtes bien la seule à vous le rappeler, intervint Ludovic d'une voix étouffée.

Et, avançant brusquement sa tête entre les deux fauteuils avant, il posa sa joue contre l'épaule et la manche de sa belle-mère. Même Henri Cresson eut l'air attendri une demi-seconde.

Mais ses deux passagers auraient préféré qu'il regardât devant lui. Car, depuis toujours, Henri

Cresson semblait considérer les routes comme autant de pistes tracées pour lui, en s'étonnant à chaque voiture rencontrée et ne voyant le décor, finalement, que dans son rétroviseur. Même Fanny, qui semblait pourtant d'une distraction remarquable, en vint à jeter des regards soucieux vers Ludovic qui, les yeux baissés, ne voulait pas les voir jusqu'au moment où, n'y tenant plus, il releva la tête et lui sourit, comme les enfants sourient en classe quand ils sont au bord du fou rire.

— Mon Dieu, mon cher Henri, pourquoi donc aller si vite ? demanda la visiteuse. Il est beau, ce paysage. C'est même frappant.

— Bof..., dit le maître de maison en accélérant, bof... Vous verrez que la maison est encore plus frappante.

— Oh, et puis tant pis, dit-elle en fermant les yeux.

Elle renversa la tête en arrière.

De sa place inconfortable, Ludovic détailla la courbe du cou, le profil élégant, serein, tolérant et beau, un de ces profils comme en croisent parfois, très vite, les voyageurs d'un train à l'autre et auquel ils pensent toujours, toute leur vie, comme à une nostalgie.

— Nous ne sommes plus qu'à trois kilomètres, dit alors le jeune homme d'une voix triste. J'aurais bien aimé vous connaître.

— J'aurais bien aimé vous connaître plus longtemps, mon cher beau-fils, répondit-elle en riant. Je vous ai vu trois fois, je crois : quand Marie-Laure vous a été présentée, quand vous l'avez épousée, et une fois, dans l'un de ces horribles endroits où on vous avait mis pour vous soigner après votre accident.

— Je me rappelle très bien, dit Henri Cresson tout à coup. Vous avez même éclaté en sanglots juste après. Et comme vous étiez la seule à le faire depuis trois mois, cela m'a frappé.

Il y eut un silence.

— Je me rappelle..., murmura la voix de Fanny. Les yeux, toujours fermés, le profil toujours calme. Je me rappelle qu'il était habillé... que vous étiez habillé, pardon, Ludovic, d'un pyjama de coutil blanc, installé sur un fauteuil de jardin, que vous dormiez et qu'on vous avait attaché les poignets et les mains alors que personne n'avait l'air plus doux que vous. Et j'avoue que j'ai pleuré, oui. Pas tellement sur vous, d'ailleurs; je pensais, j'étais sûre que vous vous en sortiriez, oui, que vous vous en sortiriez très vite. J'ai pleuré sur tous ceux qui ne pleuraient pas.

— Mais... mais les hommes ne pleurent pas, déclara Henri sur un ton de défense enfantin.

*

Il y eut un très, très long silence qui dura jusqu'à La Cressonnade.

En descendant de la voiture, à laquelle Henri fit faire un virage élégant, Fanny avait repris son air gai et tranquille.

5

Fanny eut juste le temps de voir, comme un cauchemar, les tourelles moyenâgeuses édifiées par l'une des belles-sœurs veuves avant son départ et les mâchicoulis sur le côté opposé de la maison que déjà Martin arrivait sur le perron, ouvrait la portière de la visiteuse, et sortait le troupeau de bagages entassés dans le coffre (en laissant Ludovic, encerclé de chapeaux, se débrouiller comme il pouvait). Henri Cresson fit le tour de la voiture et prit Fanny par le bras pour lui faire franchir le seuil, tandis que Philippe, triomphant, dégringolant les cinq marches à leur rencontre, peigné, cravaté, repassé de fond en comble, lissant sa pochette qui dépassait un peu trop, découvrait avec stupeur dans La Cressonnade deux hommes, trois avec Martin, lequel, comme il ne sortait jamais en plein air, était livide d'une manière irraisonnée mais irrémédiable. Philippe Lebaille fut frappé tout à coup de sa pâleur, de son teint crayeux qu'il n'avait pas remarqué jusque-là, et qu'il aurait identifié comme celui des détenus s'il en avait connu.

— Fanny, madame, dit Philippe en s'arrêtant à la dixième marche, où la caravane composée d'Henri Cresson, Ludovic, Martin, ces deux derniers croulant sous les bagages, s'était immobilisée d'elle-même, Fanny, vous permettez que je vous appelle Fanny ? Nous nous sommes vus deux fois, une au mariage de votre fille et une autre à l'hôpital de Ludovic.

— Je vois que tu as des souvenirs sélectifs, grogna Henri, les deux moments les plus lugubres de la décennie.

Le maître de maison s'était arrêté net sur le palier en disant cela, aussi, derrière lui, la file indienne trébucha. Fanny eut le temps de faire un bond gracieux mais désespéré jusqu'au palier, tandis que Ludovic et Martin se cramponnaient à la rampe en laissant repartir dans les airs les précieux bagages de Fanny.

— Mes vêtements ne risquent rien, dit-elle à Henri. Le château de Louis II de Bavière est-il plus haut que le vôtre ? Avez-vous plus de deux cent soixante-dix marches ?

Henri ne broncha pas mais indiqua le couloir de droite d'un air galant.

— Votre fille habite là-bas, dit-il. Ludovic va vous y conduire.

— Je trouverais plus poli d'aller d'abord saluer votre femme.

— Ma sœur est fatiguée pour le moment, mais je suppose que vous voulez voir votre fille, s'interposa Philippe. C'est un peu plus loin... enfin je veux dire la chambre de votre fille et de Ludovic, bien sûr.

— Ça ne fait rien, éluda ce dernier. Le principal est que Fanny se sente chez elle.

Et il riait en suivant la nouvelle troupe qui les amenait chez Marie-Laure. Henri Cresson prit le couloir de gauche, interminable lui aussi. Ludovic, marchant devant comme un guide-fantôme, s'arrêta avant le dernier tournant du couloir.

*

Fanny avait accepté ce voyage, cette maison et cette visite à sa fille pour savoir comment évoluait le couple de cette dernière et dire tout le bien qu'elle pensait de son gendre, mission un peu absurde, laquelle ne lui correspondait en rien, sauf, peut-être, la folie péremptoire qu'elle décelait chez Henri et celle, affolée, qu'elle percevait chez Ludovic. Une mission qu'elle ne pouvait s'empêcher d'entrevoir comme un devoir inattendu. Après tout, ces deux-là ne cherchaient plus à plaire à personne alors que la moitié du temps les hommes ne cherchaient que ça. Il y avait une démesure dans ces caractères bourgeois et cocasses, quelque chose de tellement en dehors du temps, de l'époque et de la morale qu'elle en éprouvait une certaine peur. Il s'agissait de bourgeois dont l'un avait épousé sa fille et que sa famille voulait réhabiliter après l'avoir conduit à l'état où il était, c'est-à-dire le malheur. Depuis très longtemps, personne n'avait paru à Fanny plus apparenté au malheur que ce garçon ; il n'y avait même, d'évidence, entre cette maison et lui, que des heurts et silences. Peut-être était-ce pire qu'un roman de Mauriac ou d'autres, où les monstres s'affrontent, car il n'y avait personne de monstrueux, là, sauf sa fille, peut-être, mais elle préférait ne pas y penser.

Après quelques virages et une distance égale au parcours des 24 Heures du Mans, sembla-t-il à Fanny, ils s'arrêtèrent devant une grande porte, récemment repeinte d'une manière qui correspondait peut-être, chez les Cresson, aux teintes des jeunes mariés. On repeindrait pour le mariage des enfants, des petits-enfants, etc. Personne n'osa frapper. Henri, énervé par l'apathie de ses compagnons, leva le bras et donna un coup de poing dans la porte.

— Marie-Laure ! cria-t-il d'une voix qu'il voulait gaie mais qui sonnait comme menaçante. Marie-Laure, votre mère est arrivée !

Un silence ingrat lui répondit. Fanny, à côté de lui, vit des petites veines gonfler et battre à son menton comme ses tempes. Il refrappa et sa voix n'eut alors plus rien du tout de sirupeux :

— Marie-Laure ! Nom de Dieu ! Êtes-vous morte ? C'est votre mère, vous dis-je !

Et il tourna la poignée, en vain : c'était fermé. Il y eut alors un vrai silence, un de ceux supposés sécables au couteau et qui glaça tout le monde. Henri tourna vers son fils un visage convulsé de rage.

— Eh bien, ta femme s'enferme maintenant ? Comment te débrouilles-tu pour rentrer le soir ? Fais-tu des prières derrière la porte ?

Ludovic, blême, resta bizarrement ferme dans son silence et son absence de colère apparente. Fanny fit un pas entre eux et appela à son tour :

— Chérie... C'est moi, ta mère... Tu dormais, j'imagine. Je t'attends dans ma chambre d'ici une demi-heure. Ça me laissera le temps de me doucher. À tout de suite, ma chérie.

Et après un petit geste affectueux vers la porte close, geste aussi inutile que le précédent, elle fit demi-tour avec fermeté et, attrapant Henri Cresson, toujours rouge vif, par le bras ainsi que son beau-fils, toujours livide, par l'autre, reprit leur parcours en sens inverse.

— Je ne comprends pas..., marmonna Henri, jetant des regards furieux et impératifs vers Ludovic.

Derrière eux, Philippe qui, dans ce genre de péripéties, enfonçait plus profondément son foulard dans sa pochette comme pour le mettre à l'abri, marchait vaguement courbé, adoptant sans le savoir l'attitude, pourtant très personnelle, de Groucho Marx.

— Voilà votre chambre, chère Fanny, celle des invités de marque. Si vous ne l'aimez pas il y en a trois autres à votre disposition. À partir d'aujourd'hui, c'est vous qui dirigez toute la maison, n'oubliez pas.

— Je n'ai jamais eu aucun sens de l'autorité, sourit-elle, et cette chambre est charmante.

*

La pièce était tapissée d'un papier peint un peu passé, avec un mélange de roses et de lilas dont les couleurs se confondaient à présent. De grandes fenêtres donnaient sur la terrasse. Une branche de platane caressait les vitres; en l'ouvrant, une feuille vint frôler la joue de Fanny, comme pour l'accueillir. Elle sourit à cette terrasse, à cette feuille, à ce silence extérieur savouré pour la première fois peut-être. Fanny sourit et ne se retourna pas pour faire partager son plaisir à cette ombre, l'ombre qui se trouvait pourtant toujours derrière elle.

C'est qu'il y a tant d'étapes dans un deuil. Depuis sa cruauté, sa banalité quotidienne qui vous laisse hébété d'abord, et plus tard réveillé et soumis à toute l'indifférence, appelée pour le coup «discrétion», des plus proches comme des plus lointains. À tout ce qui nous laisse égaré, ennuyé presque, mais qui peu à peu vous mêle de nouveau à la vie et qui ne fait pas partie du deuil : le déroulement et les changements des jours, les instants qui se succèdent à présent sans lui, sans elle, sans vous deux. Et ce n'est pas la certitude d'un autre être, d'une autre histoire et d'un autre bonheur qui vous maintient en vie, mais simplement, peut-être, «le dur désir de durer» dont parle Eluard et qui naît avec vous, entre les jambes de votre mère et maintient dans l'existence. À ce moment-là, c'est le deuil de vous-même qu'il faut supporter, un mépris sans mémoire, même celle des jours heureux. C'est ce mépris perpétuel et noir de vous-même, cette machine à souffrir qui redevient, la nuit, bête gémissante sous les draps, et le jour, visage anonyme qui refoule ses larmes. Vous résistez, vous vous battez, et la mélancolie vous aide comme une façade et une banalité. Un vague respect entoure le pantin pleurnichard que l'on est devenu et qui vous rend respectable, parfois même séduisant pour autrui. Mais si cet autre s'intéresse à vous suffisamment, à votre chagrin et à votre refus, si votre refus, justement, ne l'humilie pas trop, si cet autre sait qu'un cœur battu est encore un cœur battant, alors tout peut redevenir une fenêtre ouverte sur une terrasse par un bel après-midi d'automne. Alors la première feuille sur votre joue n'est plus une gifle du passé mais un bonheur inimaginable, tout à coup irréfutable, incompréhensible, un bonheur quel que soit le nom qu'on lui donne.

En rangeant ses quatre chemisiers, ses deux chandails, ses vêtements irrémédiablement bien coupés dans l'aménagement de sa chambre vieillotte et délicieuse – avec une grande baignoire ancienne dans la salle de bains –, Fanny savoura chaque moment de ce calme, le seul bruit du parquet craquant sous ses pas.

*

Dix minutes plus tard, Marie-Laure frappait à la porte et entrait, se retrouvant derrière Fanny en train d'accrocher ses cintres. C'est donc dans le reflet de la glace que la mère vit de pied en cap sa fille, plus petite qu'elle de cinq centimètres, ce que cette dernière n'avait jamais pu supporter.

Elle portait une ravissante robe de toile mauve pâle et, au cou, un très joli bijou de malachite plus foncé qui faisait ressortir la couleur de ses yeux. Elle avait des sandales de paille tressée qui lui donnaient l'air d'une adolescente plus que d'une jeune femme. Fanny eut une seconde l'impression qu'elles étaient trois dans la glace, impression qu'elle ressentait depuis toujours et qui peut révéler l'absence de vérité ou d'humanité dans toute relation stéréotypée.

Se retournant brusquement, Fanny regarda sa fille avec la nostalgie d'une enfance inconnue. Marie-Laure, après ces trois secondes présidant à toutes leurs rencontres et entrées en scène, referma la porte derrière elle et fit cinq pas vers sa mère. Fanny s'appuya d'une main à la ligne de cintres et embrassa légèrement la tempe de sa fille avant de se dégager.

— Maman, je vous demande pardon, j'ai eu une si brusque envie de dormir... Moi qui voulais tant vous attendre sur le perron, je me suis effondrée sur mon lit... Et en plus j'ai été réveillée par la Gestapo !

— Ton beau-père est un peu agité mais ton mari a été parfait, dit Fanny avec fermeté. Depuis quand mets-tu des verrous à tes portes ? Tu es en pleine beauté en plus, ma chérie.

— C'est un miracle, dit Marie-Laure lentement. Il y a combien de temps que je suis ici ? Combien de temps que Ludovic est déclaré guéri et apte à la vie ?

À la surprise de sa mère, elle éclata de rire.

— Tu te rends compte, après trois ans de questions, de pronostics, il n'y a même pas un diagnostic définitif...

Fanny s'installa sur son grand lit.

— Alors que fais-tu ici ? Tu l'aimes ou pas ? Ne me dis pas que c'est par dévouement... Divorce, si tu le crois fou. Vous habitez la même chambre. Que veux-tu, en fait ?

— Je ne suis plus une femme, maman. Il y a des limites à mon indulgence. Et des choses que je ne peux pas dire, même à ma mère.

« Surtout à ta mère », pensa Fanny sans hésitation ni tristesse, tant il y avait longtemps qu'elle avait renoncé à Marie-Laure et à ses propres sentiments maternels. Elle se leva, s'approcha de la fenêtre, fuyant ainsi le lit, les murs tapissés, la porte, ces symboles d'une vie partagée. Mère et fille ne manquaient cependant pas d'une certaine admiration l'une pour l'autre : Fanny pour l'absence de cœur de Marie-Laure, comme on peut regarder quelqu'un de différent, de châtré à la naissance ; Marie-Laure pour le cœur, les sentiments, la bonté de Fanny, des qualités, pensait-elle, qu'on pouvait développer en y travaillant, comme les sciences politiques, et qui, comme certaines études, étaient très bien vues et parfaitement inutiles à une carrière, mais jamais elle n'en avait eu le temps ni l'envie.

— Quelle jolie terrasse, dit machinalement Fanny en s'appuyant à sa fenêtre.

Marie-Laure la rejoignit avec précaution, respira l'air du soir ainsi que le parfum de sa mère tout à coup surgi d'une enfance qu'elle n'aimait pas, mais que cette odeur, en même temps qu'elle soulignait l'indifférence à toute sa vie, lui laissait une légère mélancolie personnelle. Même Quentin Crawley avait été trop viril et trop peureux, peut-être, pour se mêler des refus parfumés et cruels que sont certaines adolescences féminines. « Où va ma mère, pensa-t-elle, avec son travail de madone de mode ? Pas d'avenir. Pas de liaison ! » Même si pour Marie-Laure le dernier mot ne rimait même pas avec amour ou séduction.

« Et où va-t-elle, à cet âge si peu vulnérable ? » songeait de son côté Fanny, qui se sentit un instant responsable de cette femme faite pour réussir et enrichir le temps perdu.

Une voix gaie les interrompit en les appelant. Celle de Ludovic qui piaffait sur la terrasse comme un écolier.

*

Ludovic n'avait pas de rendez-vous, ce jour-là. « Occupe-toi un peu de la maison », lui avait marmonné son père. Henri avait craint l'arrivée d'une sorte de vieille fille triste, veuve, peu emblématique du « Gai Paris », ayant encore dans la tête toutes les images du maudit mariage. Mais c'était alors sans l'aide de la mémoire ni du désir, image plate qui lui montrait un Ludovic flanqué d'une veuve, lui indiquant les différents angles de la terrasse et du salon, tandis que Marie-Laure traînait les pieds derrière eux. Or, depuis l'arrivée de Fanny, tout avait changé, et il l'imaginait riant dans l'ombre de la grande allée, tandis que son fils lui tenait les épaules. Peut-être dans une semaine les trouverait-il ainsi, sans trace de Marie-Laure, vision qui l'exaspéra. Fanny Crawley avec son fils, dans son parc ou dans son salon, était une image suggestive, telle que le désir en provoque et telle que la jalousie la redouble, même lorsqu'il n'y a pas la moindre réalité.

C'est donc Henri Cresson qui écrivit la partition de la musique de fond du mois de septembre. Ce sont parfois les rôles *a contrario* qui déclenchent les passions les plus violentes dans les membres de l'entourage, pris malgré eux dans des volutes irrépressibles. Henri Cresson, qui était dur, possessif et impitoyable de mille façons, n'avait jamais eu à subir ses propres sentiments, sinon le chagrin et le manque de la mort de sa femme. Or là, subitement, il devint jaloux sans se le dire et sans pouvoir s'en empêcher.

Depuis l'arrivée de Fanny, la tâche de l'aider incombait naturellement à Ludovic. Après tout, c'était la proclamation de sa santé mentale qui justifiait cette soirée et sa distraction naturelle qui provoquait les folles dépenses annoncées : petits-fours et grands plats, grandes et moyennes entrées, pyramides de choux à la crème, plus les allées ratissées et le parc recoiffé, sans oublier un personnel quasiment décuplé et provisoire (voleur et maladroit, selon Martin). Tout cela était le fruit, le prix et finalement la tâche de Fanny. Ludovic devait donc montrer à sa belle-mère le vrai décor, les différents salons où elle était supposée recevoir pour réhabiliter une bande de riches personnages, *a priori* antipathiques aux yeux de celle-ci. La mission était rude, moins difficile néanmoins pour Ludovic, que son parfait naturel et sa parfaite indifférence sociale plaçaient au-dessus, en tout cas à côté de cela, que pour Fanny, qui cumulait l'horreur de ces «rassemblements» et l'incapacité de créer en ces lieux un décor le moins du monde élégant. Tout cela rendait sa tâche aussi folle que son motif. «Que faisait-elle, sans l'homme qu'elle aimait, avec une fille qu'elle n'aimait pas, à tenter de prouver la résurrection d'un jeune inconnu, ou quasiment, qu'elle trouvait plus sympathique cette année-là, mais étrange quand même?» Il y avait eu, dans sa vie à elle, une ou deux périodes faciles, logiques, adaptées à tout, enfin, à tout ce que tout le monde souhaitait, espérait, attendait, et qui étaient basées sur un sentiment, ou des sentiments, ne fussent-ils que l'ambition, mais qui réunissaient les couples, les êtres, les amants, les parents. Ici, il n'y avait rien. Juste des myopes qui avaient du mal à avouer les monstres qu'ils prétendaient ne plus être.

De fait, s'il y avait des gens qui posaient sur les autres un regard intelligent, des gens qui ressentaient un devoir de tendresse et le droit à l'aveuglement, au moins montraient-ils – vaguement – une âme dans leur existence. La prétention, l'indifférence et la semi-agressivité provoquées, en général, par la sottise, étaient, à La Cressonnade, déclenchées surtout par un total inintérêt pour qui que ce soit. La gaieté qu'elle avait sentie à la gare et pendant le trajet s'était évaporée. Il n'y avait plus que cette grande et grasse maison remplie d'escaliers, de mâchicoulis et de gens indifférents. Fanny avait rencontré et apprécié différemment des riches, des snobs, des acheteurs de son couturier, mais n'avait jamais ressenti ni rencontré des êtres qui lui soient aussi étrangers. Ce n'était pas l'argent qui gouvernait ici, ce n'était pas l'ambition ni le goût du pouvoir, rien de ce qu'elle avait connu, mais une sorte d'incommunicabilité délibérée exercée par toute une famille qui lui faisait froid dans le dos. Il n'y a jamais, elle le sentait, de conversation réelle entre la belle-mère et Marie-Laure, entre la femme et le mari, entre le père et le fils. Chacun gardait ses biens, sa hiérarchie, et personne n'était vraiment intéressé par l'autre, même faiblement. Cela flottait dans l'air au milieu des brises de la campagne qui arrivaient seulement parfois à les disperser.

6

Fanny avait décidé qu'il ferait beau pour la grande soirée. La simple image de deux cents inconnus trébuchant entre les poufs marocains et les points d'exclamation de marbre des pièces intérieures lui aurait fait prendre la fuite aussitôt. Faisant partie des personnes qui jouent la chance et l'assument, elle pensait que s'il pleuvait des seaux ce soir-là, elle resterait avec les invités déconfits à l'intérieur et regarderait avec eux les constructions de toile, les buffets, les tables qu'elle avait prévus s'effondrer lentement sur la terrasse, et tant pis si, juste derrière elle, la Vénus de Milo en profiterait pour regarder dans la même direction et par-dessus la tête des retardataires trempés. Qui pourrait alors prétendre, en cas de tempête et dans un tel décor, que Ludovic Cresson était plus fou que les autres? Mission remplie, donc, si le temps se montrait capricieux, mais maigre consolation pour Fanny, que les films catastrophe ennuyaient autant que les cabrioles des décorateurs pourtant célèbres.

*

« Naturellement, vous avez carte blanche », avait déclaré Henri le soir même de son arrivée. Au sursaut de Martin comme au silence subit des autres convives, Fanny avait compris que ce n'était pas une phrase usuelle chez les Cresson, en tout cas chez le maître de maison qui, pour souligner l'élégance de son propos, le lui avait adressé accompagné de son sourire d'homme du monde, sourire qui le rendait vulgaire. Il eût pu l'être sans sourire, avec son physique de taureau, sa conception des rapports humains comme de sa propre importance, mais, bizarrement, sa vulgarité n'apparaissait que lorsqu'il cherchait inconsciemment à la cacher.

À Tours, parmi les passions généralement dues aux échos venus de La Cressonnade, cette « carte blanche » avait fait du bruit, chez les commerçants en tout cas. Le second événement (susceptible de mettre fin à toute équivoque quant à sa santé mentale) fut le message écrit à la main, et sur papier d'écolier, par Ludovic, invitant Mme Hamel à un rendez-vous au chalet forestier la semaine suivante. Elle en était restée pantoise d'abord, puis flattée, puis furieuse. « Comment ? Elle avait sa maison, ses filles ! Elle n'allait pas gambader avec le fils fou d'un ex-client dans un chalet ! Penser qu'elle disposait des plus belles filles de Touraine et que ce petit libertin leur préférait une femme (elle-même) passée du mauvais côté de la soixantaine ! »... Mais ces fluctuations raciniennes cédèrent devant celle qui les bat toujours : la curiosité.

À trois heures, le samedi, Ludovic et Mme Hamel se tenaient face à face dans le chalet d'amour, lui en velours côtelé, elle dans un tailleur noir à guipures et torsades pratiquement inviolables. Au bout d'un dialogue irracontable dans sa totalité, il ressortit que les intentions de Ludovic étaient pures, mais qu'il savait quelle reconnaissance il devait à la tenancière : c'est grâce à elle qu'il avait retrouvé les joies de l'amour, ce qui l'avait sauvé d'une longue mélancolie. Puis, tout en s'excusant de ce rôle de facteur, il remit à Mme Hamel une enveloppe contenant une somme plus que convenable qui, elle l'ignorait, provenait de la vente de quatre de ses montres, dont une, en or, de sa communion.

Ludovic la ramena à son taxi, elle le serra sur son cœur, les yeux mouillés.

Curieusement, elle ne parla à personne de cette entrevue qu'elle avait pourtant, au préalable, largement commentée, et laissa flotter les versions les plus tendres. Elle prit l'habitude de déclarer par la suite : « Ludovic peut être fou, mais c'est un gentleman. » Quant à Ludovic, se sentant vaguement Casanova, il courait comme à l'habitude vers La Cressonnade, mais cette fois avec plus d'enthousiasme. Il n'allait pas y retrouver une demi-famille taciturne et froide en même temps qu'une épouse hostile, mais rejoindre Fanny, cette femme belle et intelligente qui lui parlerait comme à un homme.

7

Il était quatre heures et demie, ce samedi-là, quand, revenant de son rendez-vous avec Mme Hamel au pavillon forestier, Ludovic s'arrêta sur la terrasse. La voiture d'Henri n'était plus là. Un tel silence et une telle solitude régnaient sur l'après-midi et la maison qu'il resta lui-même figé une seconde. Ce furent des notes de musique qui le firent avancer. Elles s'échappaient du vieux bureau à côté du salon et étaient issues de l'ancien Bernstein abandonné dans cette pièce adjacente dédiée officiellement aux fumeurs, aux artistes et autres conversations abstraites, c'est-à-dire que, depuis vingt ans, elle était vide et déserte. En fait depuis sa naissance puisqu'il n'avait jamais vu le piano ouvert ni n'en avait entendu une seule note s'échapper. Cela l'amusa jusqu'à ce qu'une phrase, une phrase mélodique entière se déroulât et lui fendît le cœur. « Pour une fois », formula-t-il en lui-même. Il arriva, curieusement haletant, contre le mur, près de la fenêtre d'où sortaient ce miel et ce poison, et vit le profil de Fanny, « lointain, inaccessible », lui sembla-t-il un instant. Comme elle reprenait ce thème, encore et encore, il éprouva une sensation de désespoir absolu : il n'avait rien connu, il n'avait rien eu, il avait toujours été privé, frustré de tout, de ce qu'il y avait dans cette musique, de ce qui flottait dans l'air sans doute, autour de lui, qui avait dû flotter dans Paris, voltiger où lui n'avait pu traîner que son inexistence, lui qui n'avait jamais su voir ni avoir. Il s'appuya un instant contre le mur, les yeux fermés, et retint ses larmes. « Des larmes tout à fait extravagantes chez un adulte », pensa-t-il.

En essuyant ses yeux sur sa manche, il se demanda, pour la première fois depuis longtemps, ce qui lui arrivait, à lui, Ludovic. Ludovic Cresson avait été sauvé, pendant ces longues périodes où on essayait sur lui tous les médicaments possibles, par son inintérêt pour lui-même, par son absence totale d'estime comme de mépris d'ailleurs à son propre égard. Privé de devoirs, à l'exception de ceux, sentimentaux et discutables, qu'il s'était parfois inventés, il ne se sentait aucun droit, n'en ayant jamais eu le moindre, sinon celui de dépenser l'argent de son père avec facilité et générosité. Il était alors un homme insouciant et constant, parfaitement ignorant du bonheur, qui avait été arraché à sa vie courante et facile, un homme troublé, un homme résigné à sa solitude par des années de désespoir passées sur lui. Privé de tendresse depuis l'enfance, il s'était longtemps senti l'infirme qu'il était officiellement devenu.

*

La musique s'était arrêtée, la fenêtre s'ouvrit.

— Ludovic ? Que faites-vous là ? Je vous croyais... je ne sais pas, au tennis, bafouilla Fanny.

Elle avait entendu parler, par Philippe bien sûr, des escapades du garçon, l'après-midi, de son goût des exutoires. Elle n'y avait alors prêté qu'une oreille distraite et même un peu réticente. Mais là, découvrir ce jeune homme décomposé devant elle, semblant sortir d'un purgatoire plus que du plaisir, la troubla.

— Vous êtes tout pâle, dit-elle. Enjambez cette fenêtre.

Il s'exécuta, mais si lentement qu'elle le fit asseoir carrément sur la banquette à trois places du piano avant de s'y poser de nouveau. Elle le regarda avec curiosité – le calme de Ludovic lui sembla immuable, comme sa peau hâlée tout à coup diaphane et comme son regard distrait aujourd'hui brillant. Et rejoua de temps en temps, de la main droite, le thème mélodique.

— Mais qu'avez-vous ?

— Je n'avais pas vu ce piano ouvert depuis mon enfance…, dit-il.

Il esquissa un vague geste de la main qui indiquait son ravissement.

— Vous ne l'aviez jamais vu ouvert ? C'est incroyable ! C'est un bon Bernstein, inutilisé mais le son en est très bon. J'avais demandé à Martin s'il pouvait trouver un accordeur. Celui-ci est venu ce matin et s'est montré très discret. Les murs sont si épais ici. Mon Dieu, que c'est laid ! ajouta-t-elle malgré elle, bien qu'elle se fût jusqu'alors interdit d'émettre le moindre commentaire sur le décor des Cresson.

— Qu'est-ce que c'est ? C'est un air qui vous arrête le cœur tout de suite, dit-il. (Et il rougit.) Vous savez, je ne connais rien, mais rien à la musique. Dans les cliniques, j'ai pu acheter un transistor formidable, avec des petits écouteurs pour les oreilles qui me permettaient d'être tranquille. C'est fou ce que j'ai pu entendre, raconta-t-il sans manifester la moindre rancune de ce que la musique, par exemple, lui eût été infligée par tranches radiophoniques.

Il aurait pu déclarer : «Je m'ennuyais quand les salauds de médecins, parce que je demandais leur diagnostic, m'enfermaient de plus belle, quand on m'a laissé enfermé, accusé d'imbécillité chronique et fait passer pour un danger permanent. Lorsque personne, surtout, ne m'a défendu ni protégé ni tiré de là : ni mon propre père, ni ma femme. Parce qu'on m'a tout pris; jusqu'à mon assurance de bon vivant. Parce que, depuis, je suis humilié en permanence. Parce que j'ai recours à des putains pour broyer un peu ma solitude.»

Fanny, décidée, détourna les yeux et reprit sa note sur le clavier.

— C'est du Schumann, expliqua-t-elle d'une voix incertaine. Un quatuor, je crois. Très très beau, c'est vrai. Et qui vous perce le cœur, c'est exact aussi. Je ne sais pas jouer, je ne m'y connais guère, vous savez… Il y a des gens que j'aime…

Ils étaient assis entre la fenêtre et le piano. Un soleil capricieux et ironique se glissait entre les volets, passait sur les cheveux luisants de Ludovic et les yeux dilatés de Fanny, cramponnée à sa propre main droite et à ce miel exquis et douloureux de Schumann.

— J'ai découvert cette musique ici, aujourd'hui, déclara Ludovic tout à coup. Et c'est normal parce que c'est la première fois que je découvre l'amour et que je peux aimer quelqu'un. C'est vous que j'aime…, annonça-t-il fermement. Maintenant je ne peux plus vivre sans vous.

— Voyons… vous n'êtes pas sérieux…, bredouilla Fanny en essayant de rire et de se reculer sur la banquette.

Mais elle ne parvint qu'à renverser son visage en arrière, visage que la bouche de Ludovic poursuivit et retrouva aussitôt. Il était appuyé de ses deux mains sur la banquette, sans la toucher que de ses lèvres qui se lovaient et s'appuyaient sur sa joue, son front, son cou, respectueuses mais irrésistibles, d'une douceur emportée qui la faisait gémir sous la contrainte. Et toujours résonnaient ces mots «Je vous aime, je vous aime», s'entendait cette voix enfin sûre d'elle-même. Il n'y avait rien qui permît à Fanny de le repousser, parce qu'il ne la tenait pas, ne la touchait pas, juste son visage qui passait de l'un à l'autre, cette vague chose naturelle, cette tranquillité émerveillée et les à-coups du sang.

*

Le soir tombait mais ils n'y prêtaient pas attention. Ludovic disait n'importe quoi de passionné, et la stupeur, la gratitude, la possessivité, déjà, se mêlaient à tous les charmes que lui donnaient, aux yeux de Fanny, cette virilité, cette volonté et maintenant cette compassion éblouie que procure l'amour mêlé au plaisir lorsqu'ils se rencontrent par hasard.

La situation était si folle pour Fanny, lui paraissait si naturelle aussi dans les réactions de son corps qu'elle riait tout en essayant d'expliquer son rire à Ludovic, étonné, puis vite gagné et conquis comme par n'importe quel réflexe qu'elle pourrait avoir. Allongée près de lui sur le côté, elle devinait la grande taille de cet homme, la douceur sèche de sa peau, la largeur de ses épaules, sa force, en fait, son assurance aussi. Et elle ne pensait pas à son âge à lui ni au sien, n'y voyait en aucun cas un obstacle, c'était juste un fait sans importance comme la différence de couleur de leurs cheveux. Lui s'émerveillait de chaque détail de son corps, même de ses légers défauts, comme d'une découverte et d'un cadeau. Et ce regard posé sur elle, si évidemment, si indiscrètement, la laissait à l'aise, la critique ou la timidité ne la menaçant en rien.

Pas plus que la porte qui, à cinq mètres d'eux, donnait sur les salons et un probable scandale.

*

Ils passèrent tout le dîner avec des visages doux un peu délavés, des attitudes calmes et débonnaires qui alertèrent Philippe. Celui-ci reconnaissait les signes du plaisir même s'il ne connaissait pas ceux de l'amour.

Henri Cresson portait un vague pansement à la main droite qu'il n'arrêtait pas de cogner à tous les poivriers, ce qui le faisait jurer à moitié, la bienséance lui interdisant certaines expressions devant trois femmes : l'invitée, sa belle-fille et la hiératique Sandra.

— Un accident de travail à cause de ce crétin d'importateur de Tokyo qui voulait absolument voir notre nouvelle machine à écosser, une merveille technologique qui nous aura coûté quand même deux cent mille dollars ! dit-il en brandissant un couteau menaçant vers Philippe et Ludovic, qui écarquillèrent les yeux. En lui montrant cette... saloperie de machine, je suis passé trop près de la lanière de découpage... Oublions... qui m'a frôlé le poignet.

Et il tendit son bandage au milieu de la table.

— Quelle horreur ! dit Fanny. Ç'aurait pu être pire, non ?

— Eh oui, répondit Henri, attendri, qui montra les dents en signe de souffrance.

— Vous devriez faire attention, père, intervint Marie-Laure, parfaitement indifférente comme Sandra. Mais que fabriquait ce Japonais au fond de la Touraine ?

— C'est vrai, dit Fanny, si loin de Tokyo. Vous auriez dû l'inviter à dîner.

— Ils sont sept représentants de l'IAOPU ! Les plus gros importateurs de graines du Japon et de l'Asie.

— Sept ! s'exclama Ludovic, brusquement réveillé. Quelle affaire. Eh bien, entre eux et cette fâcheuse soirée qui approche, nous devenons d'une mondanité, ici !

Il éclata d'un rire si détendu que la table en resta pantoise. Henri reprit ses esprits et sa mauvaise humeur le premier, d'autant que Fanny riait aussi.

— Je te signale, mon garçon, qu'on a fait cette « fâcheuse soirée » pour toi. Pour prouver à nos relations que tu n'étais pas rentré cinglé de tes hôpitaux ! Ce dont je ne suis pas sûr, d'ailleurs.

— Ça se discute, répondit Ludovic avec la même gaieté.

— Et je te signale que, pendant que tu faisais le joli cœur avec les infirmières, je travaillais, moi !

Il y eut un silence prolongé, aux yeux baissés, quand Henri, un peu gêné, reprit plaintivement :

— Il n'y a que moi qui travaille, d'ailleurs, ici. Et vous, chère amie, bien sûr, dit-il en saisissant la main de Fanny et en la lui baisant.

Le rire de Ludovic devint incoercible.

— Je n'ai pas eu de chance avec les infirmières, vous savez, père. Des femmes saines, costauds, énergiques, ajouta-t-il en se tournant vers Fanny avec un vrai rire d'écolier, insolent, imprudent, qui cherchait son public.

— Tu t'es rattrapé, non? demanda alors Marie-Laure. Avec les jeunes fonctionnaires de Mme Hamel? Enfin, d'après ce que l'on m'a rapporté.

« Elle siffle vraiment comme un petit serpent », pensa Fanny dont la tête tournait. Elle se dressa et lança, en colère :

— Je trouve votre conversation insupportable. Inécoutable, en tout cas. Vous m'excuserez…

Et elle sortit.

Philippe se leva poliment, Ludovic cessa de rire et Henri Cresson montra quelque confusion. Il y avait eu, entre Fanny et Ludovic, l'un de ces instants d'accord, de complicité, puis d'agacement chez Fanny, qui alarmèrent plus encore Philippe. Et peut-être aussi Marie-Laure, puisqu'elle se leva à son tour et suivit sa mère, premier signe de solidarité familiale qu'on lui ait jamais vu.

Les trois hommes restèrent seuls. Henri marmonna quelques phrases, sans doute d'excuses, inaudibles pour les autres. Puis il se redressa, bafouilla un « Bonsoir » qui rappelait furieusement un « Au lit ! », et les deux hommes restèrent face à face, Ludovic, les yeux fixés sur le parquet, et Philippe, le fixant, lui.

— Vous croyez qu'il fera beau demain ? interrogea ce dernier. Vous croyez qu'il fera beau, aussi, pour le grand soir ?

— Je n'en ai aucune idée. Personne, d'ailleurs.

— Votre charmante belle-mère semble y compter en tout cas. Il faut dire que c'est une femme pleine d'optimisme. La tendresse même, pour son âge…

— J'ignore son âge, répondit Ludovic, qui souriait à nouveau, comme malgré lui, ce qui agaça vaguement son oncle par alliance.

Philippe n'avait aucun rapport lui-même avec Fanny et, malgré l'extrême courtoisie de celle-ci, voyait bien qu'elle le regardait comme une photo, un personnage à jamais figé, ainsi qu'il se sentait parfois lui-même.

8

Quand elle revit Ludovic, elle pensa qu'il n'était plus un étrange personnage sans âge ni caractère, encore moins un orphelin égaré, mais un homme auquel elle appartenait confusément. L'inquiétant était son absence d'humeur, de colère et de repartie quand on lui parlait de haut avec cette rancune implacable de ceux qui ont fait subir à quelqu'un une offense cruelle et en plus lui en veulent. Son indulgence – son oubli ? – redoublait leur méfiance. Fanny craignait de trouver à cette amnésie de misérables raisons, matérielles par exemple, et le nouveau charme de cet homme s'évanouissait devant cette hypothèse-là.

Elle avait décidé de réfléchir dans la nuit, de partir peut-être le matin, en tout cas de parler longuement à Ludovic. Mais à peine fut-elle allongée dans son lit de province – avec la bouteille d'Évian campée sur sa table de chevet sagement debout comme une duègne –, elle s'endormit tranquillement. Avec, pour seules images sous ses paupières, Ludovic riant tout près de son visage, ses yeux roux éclairés par le bonheur. Elle ne se comprenait pas. Dès qu'elle avait vu Quentin, jadis, avec son air d'Anglais et sa bouche épaisse, elle l'avait aimé et désiré, Ludovic, lui, ne lui avait procuré qu'une impression de compassion et de curiosité. Que s'était-il passé ?

Toujours est-il qu'elle n'entendit pas les petits cailloux lancés par son soupirant sur ses volets. Sans doute cela valait-il mieux ainsi.

*

Lorsqu'elle entra dans la salle à manger le lendemain matin, et qu'elle le vit debout, tourné vers la porte, avec les yeux et le sourire de la veille, elle s'étonna de son air impatient et émerveillé. Une tendresse inattendue lui serra la gorge ; elle s'arrêta sur le seuil, notant au passage que Marie-Laure mangeait ses biscottes en lui donnant le dos et ne pouvait donc voir son expression à elle. C'était la première fois qu'elle se sentait coupable devant sa fille en s'asseyant, et prête à faire une scène à Ludovic comme à un indiscret ou comme s'il l'eût violée la veille et lui eût fait un enfant. Bref, pourquoi avait-elle compliqué une situation déjà sinistre au départ, vu les protagonistes ?

— Bonjour, dit-elle en souriant à la ronde avec cette politesse dont elle avait l'habitude incontournable.

Des « Bonjour » divers lui répondirent, dont celui de Philippe qu'elle n'avait pas vu, drapé dans sa robe de chambre un peu usée. Henri était déjà parti à l'usine, et Ludovic semblait traîner dans ses rêves.

— Mon Dieu, mère, allez-vous encore vous livrer à des travaux infernaux ?

Marie-Laure regardait le pantalon de velours et le chemisier de soie de Fanny d'un air indulgent.

— Vous devriez plus souvent mettre des pantalons, ajouta Marie-Laure. Avec votre silhouette, ça vous rajeunit encore. Si, si, si…, précisa-t-elle comme si quelqu'un réfutait le compliment.

Et Fanny sourit franchement.

— Tu crois ?…

Elle prit un air soucieux et jeta un regard attendri à sa fille en déclarant :

— Quant à toi, ma chérie, reste en robe. Tu as toujours été mignonne avec ta taille mince, tes petites jupes plissées et tes souliers pointus…

— Eh bien, je vais quand même me changer, dit Marie-Laure, furieuse, en désignant son tailleur Chanel. Je vais jouer au golf tout à l'heure.

Il était un peu dur, pour elle, de voir son ensemble rabroué par Fanny, tandis que le regard de Ludovic, admiratif de ses tenues malgré ses infidélités grossières, ne regardait plus que sa mère. Fanny avait l'air très jeune, en effet, ce jour-là, et évoquer un âge invisible ne soulignait pas forcément celui-ci dans le sens qu'elle eût voulu. Elle se leva.

Depuis le retour de son mari, Marie-Laure passait souvent les après-midi au golf où elle avait retrouvé quelques amis étrangers, « par miracle échappés du Ritz », disait-elle, et auxquels elle expliquait l'absence de Ludovic par sa « rééducation », terme vague mais inquiétant qui légitimait au mieux cette absence en vérité fort désirée. Elle soupirait volontiers en pensant à son admirateur, un Américain à la fortune assurée mais sans prestige. Elle n'allait pas, après trois ans d'un quasi-veuvage sans accroc, se contenter d'un industriel du Minnesota. Après le golf, elle reviendrait à La Cressonnade, téléphonerait à ses amis, comme tous les jours, mais aussi, comme tous les jours, à Maître Perez et Maître Seiné, les défenseurs futurs et présents de son héritage ou de sa part de la fortune Cresson. Elle irait aussi discuter une heure avec Philippe, avec lequel elle avait quelques échanges depuis qu'on en savait plus sur les incartades des deux Cresson.

*

Ce jour-là, le cabriolet de Ludovic, offert par son père à son retour de convalescence, les attendait devant la terrasse. Le jeune homme descendit les marches du perron sur un pied.

— Il ne faut pas que l'on oublie les fleurs pour Marie-Laure ! cria-t-il. J'ai raconté à tout le monde qu'on allait faire des courses.

Il semblait ravi de sa duplicité. Que faisait donc Fanny avec ce gamin attardé ? Il lui avait dit qu'il l'aimait à la folie, lui avait fait l'amour comme elle l'aimait, était irresponsable depuis des années. Que voulait-elle de lui ? Ne pas le mépriser. Et, d'ailleurs, de quel droit ?

La gare ne se trouvait pas si loin. Il lui suffirait de prendre un train pour s'éviter une conduite ou des réflexes susceptibles de la ridiculiser.

— As-tu les clefs? demanda-t-il.

— Oui, répondit-elle sèchement en fouillant dans son sac, où elle les trouva.

Elle les lui envoya tout en ouvrant la portière passager et en s'asseyant. Il lui avait précédemment demandé de conduire si..., elle avait accepté le principe, aussi pencha-t-il vers sa vitre un visage déjà figé d'inquiétude. Mais elle ne broncha pas. Les quinze jours passés avaient pourtant institué une règle, mais un homme qui disait l'aimer et l'avait possédée ne pouvait pas lui faire des clins d'œil à double sens. Ni, surtout, se laisser traiter comme un paltoquet devant elle par sa propre femme tout en lui laissant le volant durant la journée. Au début elle l'avait plaint, mais là, c'est elle qu'elle plaignait. Elle, flanquée d'un jeune homme au final sans responsabilité, elle qui travaillait pour vivre, vivait sans son mari, et qui avait consacré ses vacances à cette famille de bourgeois sans cœur.

— Qu'est-ce qu'il y a?...

— On part, sois gentil, Ludovic, je suis fatiguée. Prends le volant.

Et elle renversa la tête en arrière avant de fermer les yeux.

Après une seconde de silence, elle entendit Ludovic qui s'asseyait près d'elle, mettait la voiture en marche, essayait le moteur, démarrait doucement sans secousse. Elle gardait les yeux fermés en signe de confiance, mais surtout de lassitude.

— Je ne sais pas où est l'essuie-glace, dit une voix gaie et presque triomphante. Je ne me rappelle plus…

Elle souleva les paupières, regarda un instant son esclave au visage soucieux, mais innocent, tendu vers elle et déclencha de sa main gauche l'essuie-glace.

— Tu n'as pas peur avec moi ? Je n'osais pas te le demander, mais je me suis exercé en douce après ton arrivée.

— Pas du tout, dit-elle. Pourquoi ?

Et elle referma les yeux.

Ludovic roula en silence jusqu'à Tours, la ville des tentations, où il lui fit un numéro d'esclave dans chaque magasin, poussant les chariots, regardant chaque transaction d'un œil approbateur. Il était entouré d'une foule de vendeuses que les récits elliptiques de Mme Hamel sur son entrevue avec le jeune Cresson avaient surexcitées. Le gentleman peut-être fou semblait aux petits soins pour sa belle-mère, d'autant plus aimable que sa propre épouse était insupportable.

Ils se trouvaient au beau milieu d'un grand magasin et elle hésitait sur la coupe en porcelaine qu'elle mettrait sur chaque table, lorsqu'elle lui montra la facture.

— Qu'en penses-tu ?

— Oh, dit-il sans même jeter un œil, une carte blanche est une carte blanche. Quelle importance, ajouta-t-il, en l'entraînant vers la sortie par la manche. C'est pour épater les gens du coin qui, à leur soirée à eux, tu verras, choisiront les mêmes.

— Je ne serai pas à leur soirée, répondit Fanny en riant, tandis qu'il l'installait dans la voiture et se penchait en exécutantses ordres, mettant tout dans le coffre, révélant le contraire d'un jeune homme dissimulé derrière des médicaments et l'apathie ou piétiné par les siens.

Alors qu'elle se voyait coincée dans cet engin inconfortable, en pleine rue il se pencha vers elle et posa les lèvres sur ses cheveux, très vite et ouvertement. Elle se redressa sur son siège.

— Mais vous êtes fou, Ludovic Cresson ! Que vont dire les Tourangeaux ?

— Ce qu'ils veulent. De toute façon, nous allons voyager, non ? Je ne connais rien à la Terre. Si vous aimez les voyages, bien entendu.

Elle retomba sur le siège. À cet instant, elle eût tout donné pour disposer d'une chambre d'hôtel avec porte et clef, même à Tours qu'elle n'aima pas, où elle pourrait s'enfermer, reprendre une existence normale, regagner Paris et sa Cressonnade à elle de cent mètres carrés. « Enfin..., se dit-elle, qu'est-ce qu'il me prend ? Quel drame !... Je suis venue bêtement passer trois semaines à la campagne pour dépanner ma fille qui m'exaspère, j'ai eu la bêtise de céder à ce garçon victime des siens et ce serait tout un amour déjà condamné ? »

Elle avait une fois, après la mort de Quentin, passé la nuit avec quelqu'un qui lui avait fait honte le lendemain par son triomphe et son ostentation. Qui avait fait honte, plus précisément, à son opinion de l'amour, inspiré à jamais de celui de Quentin, et qui incluait une certaine estime de l'autre. Elle avait vu, autour d'elle, des hommes à l'esprit distingué se conduire comme des goujats avec leurs femmes ou leurs maîtresses, et des femmes charmantes déballer les prouesses de leurs amants devant leur coiffeur. Il régnait alors un puritanisme inversé nommé liberté qui l'avait étonnée quand elle l'avait découvert puisque Quentin, jusque-là, et l'écran de son esprit, le lui avait épargné toute sa vie. Une idée l'effrayait maintenant comme une tare : l'impuissance à aimer doublée d'une frénésie d'afficher ses amours.

*

Fanny et Ludovic passèrent l'après-midi à sillonner les rues de Tours, achetant les objets indispensables, d'après la liste écrite d'une main sérieuse, trois jours plus tôt, par Fanny mais qui lui semblait, là, aussi incongrue qu'irréaliste. Elle parlait du temps, des détails de la fête, de l'apparence des Tourangeaux, et Ludovic lui répondait sur le même ton, sans insister. Quand elle tournait la tête vers lui, elle rencontrait un visage défait, interrogatif, convaincu de sa propre culpabilité. L'ignorance de la faute commise le rendait muet, son incompréhension, son angoisse le vieillissaient, le défiguraient même vaguement. Il n'avait plus rien du jeune amant désarmé et comblé de la veille. Il était de nouveau solitaire, désespéré et soudainement adulte, mais adulte comme le chagrin peut rendre adulte, c'est-à-dire comme enfermé dans un coin de la pièce, de la vie, le dos tourné aux possibilités d'avenir ; seul, toujours seul, il était seul. Il avait cru échapper, hier, à cette solitude, mais déjà attaché à elle, il n'avait plus aucun réflexe.

Il lui plaisait et elle tremblait. Le charme de sa peau, la longueur de ses paupières baissées, de ses yeux inquiets, la forme de ses grandes mains sur le volant, des mains si robustes, bizarrement, et qu'elle savait, désormais, habiles et attentives… tout ce qu'elle avait découvert la veille lui faisait aujourd'hui détourner la tête, comme aux moments les plus ardents de sa passion pour Quentin.

Plus elle y pensait, plus elle s'étonnait et s'inquiétait. On ne pouvait pas être si intime, si naturellement proche de quelqu'un dès la première étreinte… Ils s'étaient retrouvés sur un territoire complémentaire, sans crainte, sans curiosité et sans réticence. On ne pouvait qu'invoquer le destin, même si elle avait dix ans, ou moins ou plus que lui, même si c'était un scandale, même s'il n'était pas stable, même si toutes ses habitudes et sa vie à elle désavouaient cette histoire et ces deux heures auprès du piano.

9

À table, ce soir-là, la conversation se révéla traînante. Henri Cresson se demandait pourquoi les touristes voulaient absolument visiter les mêmes choses, et semblaient en avoir spécialement après Notre-Dame qu'il trouvait carrée, ennuyeuse et surchargée.

— Et puis, ajouta-t-il, ces espèces de têtes hideuses accrochées partout... Comment ça s'appelle déjà, ces horreurs accrochées dehors... ? C'est affreux. Comment ça s'appelle... ?

— Des gargouilles, dit Ludovic.

— Comment tu sais ça, toi ? s'étonna Henri, comme si son fils eût évoqué un secret atomique terrifiant.

— C'est vrai, s'étonna Marie-Laure, d'où te vient cette science ? Les gargouilles que l'on t'a connues à l'époque n'étaient pas de pierre, il me semble…

— Sauf une, que j'ai épousée.

À la voix tranquille de Ludovic succéda un silence interminable. Henri rougit de satisfaction et ouvrit la bouche pour donner son avis, sûrement déplacé et définitif, quand le bruit d'un pas lourd et lent résonna au-dessus de leurs têtes. Ils restèrent figés, la fourchette en l'air, l'œil agrandi. Au-dessus, c'était la chambre de Sandra, interdite de station verticale depuis quelque temps, alitée avec une infirmière de nuit à son chevet, aussi maigrichonne que la diurne était massive.

— Ça, c'est Hamlet entendant le pas de son père, acte I, commenta Ludovic, décidément lancé.

— Ah, je t'en prie ! cria Henri, debout. Il faut qu'elle se couche immédiatement. Le docteur Murat… Marat… je ne sais plus, me l'a spécifié hier encore. Philippe, monte la recoucher, j'arrive. Allez, allez, mon vieux, au galop !

Le beau-frère bondit vers l'escalier, l'air plus zélé que soucieux.

Marie-Laure semblait se remettre lentement de la phrase de Ludovic.

— Mais qu'est-ce qu'il lui prend? demanda Henri à propos de son épouse.

Il se leva et se dirigea lentement vers la rampe, suivi de Fanny, excédée. La voix de Marie-Laure les arrêta :

— Voyons, père, il y a huit jours que votre femme trottine dans sa chambre. Elle veut vous faire une surprise pour la soirée.

— Ce n'est pas vrai! (La consternation d'Henri était indéniable.) Elle ne peut pas... elle n'a pas le droit! Même le docteur Machin, là, de l'Hôtel-Dieu, m'a dit...

— Elle s'en fiche, père.

— Mais elle a l'air... Elle a le teint d'une tomate trop mûre, vociféra Henri, d'un gigot cru... Elle va s'évanouir au dessert ou Dieu sait quoi!... Ah non, ah non, ah non! Et Fanny? C'est Fanny qui reçoit, non? J'ai annoncé à tous mes amis que, pour une fois, une jolie femme recevra à La Cressonnade! (Et il marmonna très vite :) Sandra a d'autres qualités, bien sûr...

Fanny, choquée, s'offusqua :

— Mais on ne parle pas de sa femme comme ça! D'abord je lui rends mon sceptre plus que volontiers, et ensuite, les termes dont vous usez...

— Mais ce n'était pas du tout méchant, s'excusa Henri. Et puis c'est vrai... enfin vous savez, les hommes… (Il eut un petit sourire de requin qui vraiment ne lui allait pas.) C'est une expression, s'écria-t-il avec sa mauvaise foi habituelle. Ne me dites pas que vous n'avez jamais entendu un homme parler de gigot cru ou cuit à propos de sa femme ! Peut-être à tort d'ailleurs, mais sans grossièreté…

— Moi pas, répondit-elle fermement. Cuit ou cru, je n'ai jamais entendu une femme comparée à un gigot par son mari.

Un rire nerveux la prit à la gorge en s'entendant et elle dut sortir au plus vite avec un air hautain.

— Jamais, répéta-t-elle quand même dans l'escalier, jamais.

Arrivée au palier, elle prit littéralement un petit trot pour rejoindre sa chambre.

Marie-Laure, Ludovic et Henri se retrouvèrent tous les trois, l'oreille tendue vers le plafond et l'air niais. Les pas là-haut s'étaient arrêtés.

— Martin, demanda Henri comme si les deux autres convives eussent été sourds, vous n'entendez plus rien, n'est-ce pas ?

— Non, Monsieur, dit le maître d'hôtel en présentant le plateau de fromages qu'Henri Cresson repoussa d'une main excédée.

— Mais vous aviez bien entendu, à l'instant, ces pas ?

— Non, Monsieur, répondit Martin sur le même ton indifférent.

Les deux hommes se fixèrent avec une féroce antipathie.

— Remportez-moi ces fromages ! Personne n'en veut.

Marie-Laure (qui avait horreur du fromage) leva par défi la main vers le majordome, mais un coup d'œil vers son beau-père l'arrêta et elle la reposa sur la nappe.

— En tout cas, dit Henri, Philippe a une bonne influence sur sa sœur : elle s'est recouchée !

— À moins qu'il ne lui ait fait une clef anglaise ? suggéra Ludovic.

Marie-Laure le regarda avec un sourire amusé pour la première fois depuis son retour, qu'il ne lui rendit pas. Lui observait son père avec intérêt : Henri hésitait visiblement entre son devoir envers Sandra et l'envie folle de lui échapper. Dans un geste brusque, il fila vers le vestiaire. Ludovic et sa femme restèrent un instant face à face, mais ils se levèrent vite. Quant à Philippe, il ne réapparut pas – et ne put donc recevoir les compliments de sa famille pour sa diplomatie.

*

À onze heures du soir, Mme Hamel était dans son petit salon couvert de napperons où se lamentaient, sur un divan et un fauteuil, deux de ses protégées. L'une venait de voir un client inconnu, égaré sexuellement, auquel la course seule lui avait permis d'échapper. «Jamais de touristes ou d'inconnus!» lui avait pourtant répété Mme Hamel tout en tendant une bande Velpeau pour sa cheville, tordue sur le trottoir. L'autre, également défaite par la frayeur, regardait avec confiance Sylvia Hamel qui, installée à son petit bureau, répondait fermement à une lettre reçue le matin même par sa pensionnaire, laquelle lettre, envoyée par un ancien ami, avait le toupet de lui réclamer deux mois de ses gains. Le visage de Mme Hamel citant la liste impressionnante de ces fonctionnaires-protecteurs eût découragé plus d'un maquereau retardataire.

C'est dans cette atmosphère angoissante que se retrouva Henri Cresson; mais cela lui convenait parfaitement. Des jambes nues, du champagne et des œillades l'eussent exaspéré. Il demanda à Mme Hamel de lui accorder illico un peu de son temps et quelques conseils, car il avait récemment encore apprécié la discrétion et le bon sens de son interlocutrice. «De plus, il y avait belle lurette, ajouta-t-il, qu'il désirait changer l'orgue de Saint-Eustache (fief de Mme Hamel), que des cotisations avaricieuses n'avaient pas encore pu remplacer. » Mme Hamel arrêta là sa prose foudroyante, plia sa lettre et envoya les malheureuses jeunes femmes dans la chambre avant de refermer minutieusement la porte du couloir.

Henri Cresson, cerné de napperons, semblait un taureau héroïque mais imprudemment décoré et libéré avant même qu'on le torée. Il but deux cognacs coup sur coup et demanda à cette précieuse et vieille amie :

— Voilà. Vous n'ignorez pas que Sandra, ayant eu récemment une de ses crises sanguines, est depuis peu couchée sur ordre de la Faculté. C'est donc ma belle-sœur… enfin, une parente… enfin, la mère de ma belle-fille, qui a la gentillesse de recevoir avec mon fils et moi. Et Mme Fanny Crawley est une femme charmante.

— En effet, dit Mme Hamel. Je l'ai rencontrée aux « Trois Dauphins ». Elle achetait des sièges de paille pour votre fête et elle m'a paru tout à fait aimable, élégante et parisienne. Et elle fait si jeune… Quel âge a-t-elle ?

— Tiens, je n'en sais rien, réalisa Henri. En tout cas, à mes yeux, c'est une jeune femme, belle, aimable, gaie et séduisante. Très, très, très séduisante...

— Assurément..., confirma Mme Hamel qui commençait à s'étonner.

— Elle travaille à Paris chez un couturier très connu, dont j'ai oublié le nom. Un travail de prestige, bien sûr, mais qui la nourrit mal.

Il s'arrêta et reprit :

— Bref, j'ai l'intention de l'épouser.

Sylvia Hamel, qui depuis le début de la soirée avait vu arriver chez elle deux filles épouvantées, voyait maintenant le principal industriel du pays, le fournisseur d'emplois pour des centaines d'individus et donc, pour elle, des centaines de clients, perdre la tête. Était-il soûl? Elle se leva de son fauteuil.

— Monsieur Cresson, s'écria-t-elle d'une voix profonde, n'êtes-vous pas marié?

— Depuis trop longtemps! s'écria à son tour Henri Cresson, debout lui aussi. Ma femme est une harpie, vous le savez bien. Toute la ville le sait. Le divorce existe, nom d'un chien!

Il se rassit. Mme Hamel se servit un cognac.

— Est-ce qu'elle le sait?

Elle pensait à Sandra, mais Henri n'avait pas de priorité :

— Non... Fanny ne le sait pas, ni Sandra, ni personne. J'ai voulu vous consulter.

Mme Hamel, le premier choc passé, semblait se remettre.

— Croyez d'abord que je suis très flattée... La première, vraiment quel honneur. Enfin, si je comprends bien, rien n'est fait?

— Ce le sera dans les jours qui viennent, dit Henri.

— Mais est-ce que Mme... enfin, la mère de votre belle-fille vous a dit oui?

— Pas encore, je ne lui ai parlé de rien, mais ces choses-là, vous savez, on les sent...

Et il prit un air de psychologue qui ne convainquit qu'à moitié Mme Hamel.

— J'avais pensé à l'annoncer durant la soirée, devant tout le monde, sauf elle, bien sûr - puisque Sandra sera dans sa chambre... Deux bonnes nouvelles au dessert : mon fils n'est pas fou et j'épouse une femme exquise...

Il semblait vraiment ravi.

— Mon Dieu, dit simplement Mme Hamel.

Et elle pensa : « C'est lui qui est fou ! »

— Quant à Ludovic, qui n'a pas eu de mère, le pauvre petit, il éprouve pour elle une grande affection.

Mme Hamel, songeant aux compliments unanimes et détaillés de ses pensionnaires quant aux ardeurs de l'affection de Ludovic, songeant, en plus, au charme de ce dernier, se renversa un peu plus dans son fauteuil, les yeux plissés, feignant sagement d'évaluer la situation, alors qu'elle ne voyait passer dans son esprit, peu habitué à ces extravagances, que des duels incestueux, des meurtres sanglants, etc.

— Si j'étais vous, quand même, monsieur Cresson, j'attendrais quelques jours après la fête pour décider de tout cela. Mme Cresson, Sandra, ne doit pas être mise au courant la dernière.

— On dit bien que ce sont les cocus les derniers prévenus. Oh, pardon… C'est le seul petit défaut que me reproche Fanny, mon vocabulaire.

Et il avait l'air si satisfait qu'elle ne put qu'ajouter :

— Ce n'est pas grand-chose, bien sûr. Mais n'a-t-elle pas, elle-même, d'autres attaches à Paris ?

— Je m'en occuperai, dit Henri en prenant sa tête de vautour.

Mme Hamel et lui-même, ayant pratiquement fini la bouteille de cognac, échangèrent des toasts et des vœux de bonheur, mais elle se risqua à dire :

— Vous ne croyez pas que, au lieu d'épouser votre exquise Fanny, vous lui assureriez une vie délicieuse et insouciante à Paris, sans provoquer de drame, les cris de votre femme, les commentaires des gens…

— Fanny n'est pas une cocotte, madame Hamel ! C'est une femme qu'on épouse d'abord.

— Peut-être que si vous passiez six mois avec elle avant, pour vérifier votre entente… Et vous savez, entre un divorce et un remariage, il faut trois cents jours…

Henri était implacable.

— Nous irons nous marier à Tahiti, ou à Andorre, ou au Luxembourg, le maire est un ami…

— Elle aime la campagne ? demanda Mme Hamel qui vacillait (le cognac ou le choc psychologique).

Henri hésita :

— Elle m'a avoué qu'elle trouvait plus joli de rendre une unité extérieure et intérieure à la maison.

Il se mit sur ses pieds, décrocha un napperon volant accroché à son pantalon et prit la main de Mme Hamel qu'il baisa.

— Mon Dieu, il est deux heures du matin… Mille excuses… Merci encore pour votre conseil.

Mais quel conseil, parmi le flot que Mme Hamel avait dû lui donner ? Elle était si fatiguée et si secouée qu'elle oublia de lui rappeler l'harmonium de Saint-Eustache.

10

Les nerfs brisés, Fanny se glissa tout habillée dans son lit. Il avait plu pendant le dîner, mais le ciel bleu-noir, envahi de mille petites étoiles trempées et recroquevillées, s'étendait devant sa fenêtre. Elle y resta deux minutes sans entendre autre chose que le vent tranquille qui balançait lentement les feuilles du platane, les plaquant parfois l'une contre l'autre comme les pages d'un missel tournées par un curé appliqué. Elle se déshabilla, prit un bain, se répétant plusieurs fois à voix haute : « Gigot cru, ça non, jamais ! » Et elle se revoyait debout, implacable devant le pauvre Henri qui essayait, lui, de rendre amusante cette expression, plus incongrue, en effet, que méprisante. Et le rire la reprenait.

*

À quatre heures du matin, la porte du couloir grinça et Ludovic entra dans sa chambre. Il avait gardé ses vêtements de la journée et il avait eu raison. Car s'il était arrivé tout prêt, rasé de frais, dans une belle robe de chambre, pomponné et jouant l'amant sûr de lui, elle l'eût mis dehors aussitôt. Au lieu de cela, quand elle alluma sa lampe de chevet, elle le vit défait et figé à l'autre bout de la pièce, proche de la fenêtre, et apparemment plus prêt à sauter par celle-ci que sur son lit.

— Ludovic..., dit-elle en chuchotant d'instinct, bien que la chambre la plus proche fût celle de Philippe, deux pièces plus loin, et que, malgré son passé romanesque, celui-ci, si sa porte restait ouverte, ronflait comme une machine.

Ludovic était hirsute, avec, sur sa chemise froissée, son même chandail de mohair marron. « Son chandail préféré », remarqua-t-elle avant de s'étonner de sa connaissance du vestiaire du jeune homme. En effet, ce chandail marron, sa chemise d'un rouge éteint, son pantalon de velours côtelé et ses mocassins presque neufs étaient une image de sa propre mémoire. Elle lui fit signe de s'asseoir.

— Il est quatre heures du matin, Ludovic. Vous ne vous êtes pas déshabillé, ni changé… ni couché ?

Sa voix d'abord gaie, ralentissait malgré elle tout comme elle se désintéressait de ses propres mots. Il eut un geste de la main pour l'arrêter, presque grossier, ou qui l'eût été chez Henri.

— Je suis venu vous dire que si je vous ai déplu, ou choqué, c'était involontaire. Depuis ce matin, je cherche… je ne trouve rien que vos yeux et votre voix d'étrangère. Je suis trop malheureux, c'est tout.

Il releva la tête sur cette dernière phrase et la regarda en face.

— Voyez-vous, ajouta-t-il, je ne pensais pas que vous m'aimiez aussi, pas encore, mais que vous m'aimiez bien, et que nous nous plaisions…

— Mais c'est vrai, dit-elle.

Car c'était vrai qu'il lui plaisait, allongé à demi sur ses pieds.

— Je n'ai jamais aimé que Quentin, mon mari, reprit Fanny. En dehors de tout, il me protégeait, j'étais à l'abri du monde, des gens… Je vis seule maintenant. Je ne gagne pas tellement d'argent, mais j'ai besoin d'être protégée, tu comprends ?

Il hocha la tête. Il ne la quittait pas des yeux, mais ce n'était en rien gênant.

— Mais là, celui qu'il faut protéger c'est toi, toi contre ces gens… (et elle fit un geste circulaire) qui t'ont tout fait, qui se moquent de toi, se méfient de toi et t'abaissent alors qu'ils devraient te demander pardon tous les jours… Ma fille, la première… Tu comprends, dit-elle, je ne veux pas avoir un fils, ni un amant à genoux.

Il se redressa pour aller à la fenêtre.

— Tu as raison, dit-il d'une voix étouffée, mais ils m'ont fait peur… Ils me font peur. Et s'ils me remettaient là-bas? Marie-Laure dit qu'il suffit d'un coup de téléphone… Et puis, quand je me trouvais là-bas, c'étaient les seules personnes que je connaissais à l'extérieur, les seules dont je pensais qu'elles essayaient de me faire sortir, les seules qui venaient me voir, tu comprends? Mon père, ma femme, ma belle-mère… Sans eux, j'y serais peut-être encore.

Il y eut un silence. Fanny se redressa.

— Mais ce sont les médecins qui t'ont libéré…, commença-t-elle, indignée.

Alors quelque chose se déchira en elle. Elle épela «Ludovic» avec sans doute un geste d'appel puisque, l'instant d'après, il était dans ses bras, il embrassait ses larmes qu'elle ne sentait pas couler, il la consolait de tout ce qu'on lui avait fait, à lui, Ludovic, et qui lui était insupportable, à elle, Fanny.

— Oh, mon petit…, disait-elle à présent avec une tendresse que les baisers, les mains de Ludovic transformaient doucement, d'abord, puis précipitamment, ensuite, en gestes hâtifs.

Une lampe qu'on éteint, un chandail qu'une femme tire de la tête brûlante d'un homme, une chemise qu'il arrache lui-même, des pantalons, des chaussures projetées l'une par l'autre, des mots d'amour, des larmes partagées, une bouche suspendue à une autre bouche. Et puis le bruit de deux corps qui se rejettent l'un sur l'autre, de deux feuilles, deux pages… Et ce vent, ce vent qui monte avec le jour.

11

Henri Cresson était rentré à l'abri de sa maison, et même de sa femme, en se faufilant par une petite porte du couloir qui donnait directement sur sa salle de bains. Il arriva dans sa chambre sur la pointe des pieds autant qu'on puisse marcher sur la pointe des pieds après un certain nombre de cognacs et une grande exaltation. La respiration de son épouse, qui avait amoureusement ou sévèrement laissé leurs deux portes de communication entrouvertes, se glissait jusqu'à lui en une alternance de ronflements et de sifflements. Et cet exemple de confiance et de santé inspirait à Henri une sorte de regret anticipé et débonnaire comme une honte.

Il se dirigea vers son secrétaire, visiblement moderne celui-ci, mais qui avait été fabriqué par son grand-père, Antoine Cresson, fanatique d'ébénisterie et de secrets. Il fallait appuyer sur le haut d'un tiroir tout en le repoussant, et en même temps donner un vigoureux coup au pied du bureau, ce qui déclenchait l'ouverture d'un troisième tiroir, etc., où dormait un testament d'un sommeil d'autant plus tranquille que le même document sommeillait aussi chez Maîtres Locone & Locone fils, notaires à Paris. Henri Cresson posa les feuillets sur son lit, se déshabilla et entreprit de le refaire.

*

Le lendemain, Fanny partit faire des courses, non point à Tours mais jusqu'à Orléans où son anonymat était des plus complet. Elle acheta une *Aliénation de la société. La loi et la maladie mentale*, et divers livres qu'elle feuilleta dans un café avant de rentrer à La Cressonnade. Elle en souligna quelques pages et les déposa au retour sur le lit de Ludovic. Au passage, elle eut un frisson en traversant la chambre de sa fille, voyant son confort, son luxe, les différents raffinements qu'elle avait rapportés de Paris. La pièce de Ludovic, plus bas, était celle d'un soldat et semblait inhabitée, par comparaison, bien qu'il y eût vécu et qu'il y vive encore. Alors elle réentendit le ton sur lequel sa fille parlait de Ludovic, son mari après tout, avec qui elle avait quand même couché et vécu, et qu'elle traitait maintenant comme un matériau sans prestige tandis qu'elle-même connaissait les charmes de l'amant.

Prétextant un déjeuner avec une vieille amie à Orléans, Fanny était partie suscitant un soupçon général : de Philippe, parce qu'il cherchait des mensonges partout, de Ludovic, parce qu'elle allait lui manquer et que tout mensonge de Fanny eût été d'une cruauté fatale, et d'Henri, car il ne voyait pas ce qu'elle allait faire plus loin que Tours.

En l'absence de Fanny, Ludovic rentra à deux heures de l'après-midi dans sa chambre à elle et se dirigea droit vers le lit. Elle l'avait refait, tiré les draps, et ce n'est qu'en les ouvrant qu'il retrouva les froissements, les plis, les traces de leur longue nuit. Les volets étaient restés ouverts, quelques vêtements épars de Fanny traînaient un peu partout, telle sa chemise de nuit dans la salle de bains. Il sembla à Ludovic qu'elle l'attendait : rose pâle, longue et froissée en travers d'une chaise comme aucune chemise de nuit ne l'avait jamais attendu ni ne l'attendrait jamais. Il y posa sa joue, la remonta jusqu'à ses cheveux et y plongea son visage.

Il eut un véritable sursaut quand quelqu'un toussa derrière lui. Il se retourna pour reconnaître Martin. Martin avait son air impassible – ou idiot, selon les avis. Bizarrement, à force d'années et de silences entre eux, Ludovic aimait bien le maître d'hôtel, le voyant comme un être inoffensif, différent donc des autres membres de sa famille. Ils se regardèrent longuement, et Ludovic s'en voulut d'avoir marqué le coup, d'avoir à ce point affiché sa « culpabilité », mais il était trop tard et il reposa lentement la chemise de nuit sur la chaise.

— C'est un joli tissu, dit-il d'un air de regret, comme s'il eût vraiment désiré le même.

La nostalgie similaire, affichée par un Martin désemparé, le fit malgré lui éclater de rire. Il reprit la chemise et l'appliqua devant le buste de Martin, que sa calvitie et sa solennité ne rendirent pas plus excitant dans le miroir. Après une seconde de contemplation, sans qu'aucun de ses traits bouge, Martin rendit l'objet de ses rêves à Ludovic.

— Cela fera un bel effet, dit-il à Ludovic, surpris.

Celui-ci n'avait pas remarqué l'odeur violente et sophistiquée qui dénonçait la présence de sa belle-mère, où qu'elle soit, comme les trompettes d'*Aïda*. Celle-ci, drapée, dans une robe de chambre à ramages, s'encadrait dans la porte, suivie de sa massive infirmière de jour, visiblement réprobatrice.

— Lequel de vous deux compte adopter cette couleur pastel? questionna Sandra sans rire. Est-ce pour la soirée?

Les voix de Ludovic et de Martin se mêlèrent pour la rassurer.

— Mais voyons, personne... C'est une plaisanterie! Je disais à Martin qu'à son baptême il devait être très mignon dans cette couleur. Il est encore très mignon, d'ailleurs, avec son air enfantin...

Ludovic s'empêtrait et Sandra jeta un seul coup d'œil rapide au majordome pour vérifier si aucun enfantillage avait jamais troublé l'apparence du garçon rétif qu'elle connaissait.

— De toute façon, il était en bleu, j'imagine. Il a toujours été un garçon, enfantin ou pas. Bon..., dit-elle en soupirant et en se retournant vers Ludovic : Ta belle-mère est sortie? demanda-t-elle.

— Ma belle-mère? s'étonna celui-ci, qui ne s'en voyait qu'une, juste en face.

— Oui, ta belle-mère! Pas moi, bien entendu, mais Fanny, la mère de ta femme Marie-Laure...

— Ah, bien sûr..., sourit Ludovic, bien sûr.

Il essayait, poussé par Martin, de s'extraire de la salle de bains, mais sa belle-mère les bloquait dans la porte. Le rouge de son visage, atténué quand même depuis trois jours, évoquait néanmoins plus la peinture fauve que les impressionnistes.

— Fanny, bien sûr… Fanny. C'est drôle, je n'y pensais pas comme à une parente, dit Ludovic.

— Excusez-moi, Madame, intervint le maître d'hôtel qui, sentant planer des dangers indéfinissables, était arrivé à la porte.

— Mais vous êtes pressé, Martin ? Vous ne voulez pas m'expliquer, ni l'un ni l'autre, ce que vous comptez faire de tout ce rose ? Tant pis ! Cette chambre a l'air bien vide…, conclut-elle en un hochement de tête réprobateur. Je sais que cette pauvre Fanny n'a pas cent mètres carrés à Paris, mais, dans cette chambre, et après tous les meubles que je lui ai proposés ! Enfin…

12

Le ciel était devenu bleu pâle, et, le lendemain, azuréen. Et les nuances du visage de Sandra avaient viré à un bleu sombre plus évocateur de raclées que de viande crue. Réconfortée par cette vision moins sanglante de son beau profil, elle avait décrété un bridge dans l'après-midi, conviant dans sa chambre Fanny et Marie-Laure (les hommes de la maison étant des antibridgeurs forcenés). Ces dernières jouant plutôt mal à un jeu qu'elles ne pratiquaient plus depuis des années. La Reine – que l'on appelait par le nom qu'elle portait : Mme de Boyau, « patronyme prêté par le grand-oncle de Louis XVI », disait Sandra, « nom qui la mettait à l'abri des guillotines », ajoutait-elle – ferait la quatrième partenaire du jeu.

Ludovic, qui avait des projets de promenade et de campagne, se vit privé de Fanny. Les trois bridgeuses étaient sur le lit autour de Sandra, bien installée celle-ci dans ses oreillers et face à des partenaires forcément de guingois. Ludovic, qui pour se calmer jouait au tennis contre le mur voisin, envoya bien entendu une balle qui vint fracasser la fenêtre de Sandra ainsi que ses ravissantes statuettes de huguenotes. Il se fit insulter par celle-ci et la pauvre Reine à présent décoiffée, réprimander par sa femme, et ce sous le regard rieur de Fanny, ce qui le consola du reste. Il partit dans les bois tandis qu'Henri continuait sa sieste.

La partie se déroula sans autre incident. La Reine jouait à ce jeu nuit et jour, et elle avait l'habitude de rentrer courbée sous ses gains à la belle villa de son époux, le nommé Villabois, ce qui lui semblait être une dernière étape avant le trône. Elle pensait donc que ces deux Parisiennes novices allaient lui assurer la paye de sa garde suisse. Marie-Laure et Fanny jouaient ensemble, Sandra et la Reine faisant équipe. Mais, durant cette partie royale, Fanny sortit pendant deux heures des jeux extravagants et superbes, des jeux définitifs, donc, que ne pouvait subir l'Altesse courroucée qui tenta de lui reprendre la main, mais en vain.

Vers huit heures du soir, alors que Sandra marmonnait, Marie-Laure compta ouvertement les gains de sa mère et d'elle-même, l'air amusé et ravi.

— Mon Dieu, dit Fanny, c'est merveilleux ce jeu ! Voici trois loyers réglés à Paris, grâce à une dame de trèfle - faisant allusion à son dernier coup spectaculaire.

La Reine, exilée, ruinée, déçue et pincée, paya, dit au revoir et partit assez vite.

— Au couronnement, nous ne serons pas ses dames d'honneur, s'amusa Fanny.

— Ce n'est pas moi qui avais ce jeu indécent, dit Sandra.

— Non, mais cela vaut néanmoins 10 000 francs, précisa Marie-Laure, insistant face à la réticence de sa belle-mère à honorer sa dette.

Celle-ci dut s'exécuter. Et d'ajouter :

— À propos, merci, mère, en tant que partenaire, j'ai été comblée.

— Heureux au jeu, malheureux en amour, grinça perfidement Sandra.

Ce qui déclencha un fou rire stupide chez la deuxième belle-mère de Ludovic Cresson, pour des raisons inconnues de ses partenaires.

Elle dut même sortir précipitamment et courir dans l'escalier jusqu'à son refuge.

*

Ludovic frappa à sa porte avant que la cloche ne résonne. Elle vit que les livres de droit qu'elle lui avait apportés l'avaient plus endormi qu'autre chose. Le mal qu'on lui avait fait semblait être à sa charge à l'entendre, et elle éprouva un instant de découragement parfait. Protégée toute sa vie, assumant sa propre existence depuis la mort de Quentin, avec difficulté sans doute, Fanny n'imaginait pas qu'elle doive en plus défendre les droits de cet adulte qui aurait sûrement à le faire un jour. L'état d'esprit de cette famille incluait une menace pire que n'importe quelle autre : être renvoyé sous un prétexte quelconque dans l'un des enfers de paix et de silence d'où il venait. C'était pourquoi il détournait les yeux et évitait tout sujet qui rappelait la fameuse soirée à venir, soirée qui le terrifiait par le nombre d'invités, d'inconnus en fait, prêts à le juger, prêts à soutenir n'importe quelle manœuvre contre lui de Sandra. L'indifférence de son père ne le rassurait pas.

Fanny prit conscience avec désolation que même Sandra remise sur pied, même Sandra rose pâle ne la délivrerait pas de son propre devoir de protection envers ce jeune amant incongru, irresponsable et désarmé. La seule énergie qui animait Ludovic, c'était sa passion pour elle, et encore fallait-il qu'à trente ans il la cache comme un gamin. Fanny, l'exquise Fanny, l'irréprochable Fanny qui se retrouvait tout à coup responsable et coupable d'une invraisemblable comédie bourgeoise.

Néanmoins, elle eut le temps de raconter à Ludovic, hilare, la partie de bridge royal, et à force de le faire rire, finit par rire elle-même aux éclats. Elle s'en voulut juste après : elle n'avait jamais pu compter sur la durée ou l'attention à ses propres sentiments. Elle avait toujours trébuché d'un état d'esprit à un autre et ses seuls sentiments solides avaient été heureux. « C'est ce qui fait son charme », disait Quentin.

Et encore ignorait-elle qu'elle avait déclenché la passion du « vautour-voyageur », du maître de maison, du père de son amoureux, et que ces quelques semaines consacrées au devoir faisaient d'elle une femme fatale. Que cela se passât à Tours et non à Paris prêtait un côté irréel au monde extérieur et à ses échecs. Mais cette impression d'inconséquence était, elle le savait, parfaitement fausse.

Ils arrivèrent les derniers au dîner. Fanny et Ludovic plaisantaient en descendant les marches, la main de ce dernier enserrant le coude de sa belle-mère, tant il se montrait responsable et protecteur avec elle. La table, réprobatrice devant cette apparition tardive et détendue, leur jeta un regard soupçonneux qui eût pu indiquer ou susciter quelque culpabilité. Fanny eut une seconde de fou rire, conduite mal vue dans cette salle à manger où, de plus, le chien Ganache s'était subrepticement allongé sous la chaise de Ludovic.

— Vous êtes les derniers ! clama Henri en se levant quand même devant Fanny. Philippe, savez-vous si votre sœur, ma femme, a perdu quelque coloration aujourd'hui ?

— Sandra n'est plus rouge du tout, dit Fanny, rassurante. Elle a plutôt pâli, elle a même un peu bleui, et demain…

Elle entendait sa voix aimable et s'étonnait de son texte.

— … demain, si vous êtes vraiment arrivés à contrer la tricherie éhontée de ma femme et de notre pauvre Reine, Sandra sera jaune…

— Les règles du jeu dans cette maison me paraissent peu fiables, commenta Philippe. Je sais de quoi je parle, Dieu merci. Dans mon jeune âge, j'ai joué au poker toute une nuit avec

Jack Warner, le roi du cinéma et du poker hollywoodien. Vous l'ai-je raconté ?

Et sans attendre la réponse – qu'il savait négative au demeurant, puisqu'il inventait ce récit à l'instant même –, il enchaîna :

— Il y avait les trois requins en la matière, les trois rois, d'ailleurs, de Hollywood, qui ne m'avaient accepté à leur table qu'après avoir parié entre eux lequel des trois m'écraserait, me prendrait le plus de dollars jusqu'au dernier. J'énervais beaucoup, à Hollywood. (Il se mit à rire.) Je ne cherchais pas de rôles, j'étais épris d'une femme fort belle mais fauchée, j'avais mon propre argent. Bref…

Ce « bref » était pour lui un mot dénué de signification mais Philippe fut arrêté en pleine relance du récit par Ganache, auquel Ludovic, décroisant pour la dixième fois les jambes dans son ennui, venait de donner un léger coup de pied. Hurlement de la bête, stupeur générale, interruption de l'anecdote. D'où, sans doute, la réaction inattendue d'Henri Cresson.

— Oh, le beau chien. D'où viens-tu ? Tu nous as adoptés sans qu'on le sache ? Tu as raison : c'est une bonne maison à vivre, n'est-ce pas, Fanny ? demanda-t-il avec un sourire séducteur qui la glaça.

— C'est la meilleure maison que tu pouvais trouver, répondit Fanny en caressant Ganache qui, frétillant d'aise, faisait le tour de la table pour se présenter à chacun.

Il évita soigneusement Philippe et Marie-Laure, comme si leur indifférence eût été reniflable, et s'attarda intelligemment aux pieds du maître de maison, intelligemment car celui-ci, après son réflexe de soulagement et son satisfecit, entendait déjà les récriminations et les cris de Sandra tremblant pour ses bibelots, surtout ceux d'une tonne.

« Mais après tout je divorce, pensa-t-il, et Fanny semble aimer les chiens. Quelle femme ! Ah, quelle femme ! »

Il regarda Ganache, et la gaieté et l'affection qu'il lisait dans ses yeux le changèrent agréablement de l'indélébile considération du regard de Sandra. Ah, qu'il avait donc été seul dans cette maison, songea-t-il. Des larmes inconnues lui montèrent aux yeux à son propre sujet.

— Le bon chien..., dit-il en se penchant sur l'animal pour les dissimuler. Comment t'appelles-tu ? Comment s'appelle ce chien, Martin ? hurla-t-il tout à coup pour reprendre pied et avec sa même mauvaise foi. Son nom ? Ne me dites pas que vous laisseriez un animal inconnu entrer sous mon toit !

— Ganache, Monsieur, répondit Martin avec froideur.

Cette présentation solennelle fut suivie par le rire éclatant et irrésistible de Fanny. Un rire retenu, lui semblait-il, depuis son arrivée, un rire dans le sévère et extravagant salon de La Cressonnade qui, au Moyen Âge, se fût effondré sous ce blasphème.

Martin repartit vers la cuisine, scandalisé d'avoir vu son maître ému par un chien sale et voleur. Pour la première fois depuis son arrivée dans la maison, il pensa avec reconnaissance à Sandra, qui mettrait Ganache dehors.

Il n'eut pas le temps d'approfondir les mérites de Sandra que déjà la voix impérieuse d'Henri Cresson le ramenait dans la salle à manger, comme dans certains dessins animés, les desserts en main. Les convives avaient l'air fatigué, même Henri Cresson (bien que le rire irrésistible et contagieux de Fanny eût détendu tout le monde). Henri, le « Vautour prétendant », ne se sentit pas l'énergie ni l'humeur d'annoncer à Fanny ce soir même son divorce à lui et leur remariage à tous deux.

Son émotion devant Ganache l'avait déconcerté. Et la fatigue aussi, les verres, les nerfs, la partie royale, l'arrivée d'un chien et l'écoute forcée du poker des Warner aussi. On avait oublié d'applaudir le triomphe hollywoodien de Philippe faute de conclusion, mais toujours est-il que chacun semblait claqué.

Henri alluma donc un cigare, qu'il pressentait être le dernier de la journée. Philippe ne fumait pas mais Ludovic avait rapporté de son dernier séjour psychiatrique des cigarettes bizarres réservées aux patients sans doute, et qui empestaient tantôt l'eucalyptus, tantôt la marmelade. Les quelques privilégiés qui les avaient goûtées les fumaient jusqu'au bout mais n'en reprenaient jamais.

Non, Henri attendrait le lendemain pour annoncer son avenir à Fanny. Malgré tout, il lui baisa la main avec ferveur et lui souffla à l'oreille : « Confiance », ce dont, en vraie femme du monde, elle parut s'étonner.

— Bonsoir, dit-il. Ah, tiens, j'oubliais, il paraît que tu as démoli la fenêtre de ta belle-mère, dit-il à Ludovic.

— Il a failli découper la Reine, rit Fanny. On l'eût allongée près de Sandra, le rouge et le blanc…

— Et qui m'a cafardé ? demanda soudain Ludovic, les sourcils froncés.

Martin, prenant un air pieux, dévisageait Philippe.

— Je dormais, dit celui-ci avec hauteur.

— Alors ? reprit Ludovic.

Marie-Laure rougit de fureur et de honte. Au collège déjà elle rapportait, au lycée Suffren aussi où elle avait été mise au ban par ses camarades pour une histoire de délation.

— Vous savez, intervint Fanny très vite, le petit orchestre de Tours serait ravi de venir jouer à la soirée.

Henri haussa les épaules :

— Ils vous ont paru convenables? Car je peux faire venir de Hollywood ou de Las Vegas les musiciens à la mode, vous savez. Avec en plus les tuyaux de Philippe.

— Ceux de Tours m'ont eu l'air très bien, dit Ludovic. J'y suis passé hier.

— Et moi, tonna alors Henri, je les ai fait passer à l'usine, ils ont joué dans la salle de réunion, très bien et juste, et avec beaucoup d'entrain.

— S'ils ont trop d'entrain, la Vénus de Milo va s'effondrer, sourit Fanny. Elle tremble déjà à la moindre brise. C'est dangereux pour les invités. C'est peut-être son bras, en plus, qui la déséquilibre.

« Elle s'inquiète de tout », pensa Henri avec attendrissement.

— Je ne vous suis pas, dit Marie-Laure, excédée.

— La pauvre femme est manchote, vous ne le saviez pas ? interrogea Philippe, ravi.

Elle se leva.

— Si, je le savais. Arrêtez de tout vouloir m'apprendre, Philippe.

Et malgré le sourire de Fanny et de chacun, Marie-Laure, ultrasensible à sa propre culture d'autant plus que celle-ci était fragile, sortit.

— Ta femme a semblé glisser de son socle, dit Henri à son fils. Viens avec moi, car si on traverse la chambre de Sandra avec un chien, ça va mal finir.

« Dieu merci, je divorce », pensa-t-il. Et, Ganache sur ses talons, il monta à l'étage.

Ganache eût préféré suivre Ludovic, ou, bien sûr, cette femme si douce et si parfumée, mais l'autorité menaçante d'Henri l'emporta pour un chien menacé par la pluie.

Ludovic et Fanny restèrent donc un instant seuls avant de se plier tous les deux d'un rire inexplicable. Ils sortirent dans le jardin, s'assirent sur le banc le plus éloigné et, un peu calmés, bientôt rejoints par Philippe, regardèrent s'éteindre les lumières de la chambre d'Henri.

C'est au même instant que la fenêtre de Sandra se ralluma. Debout dans l'obscurité, les trois semblaient fascinés, ravis et hilares. La vie était redevenue la vie. Ils échangèrent un regard affectueux, sans attendrissement, un regard indulgent, presque, de la part de Philippe.

— Si ma sœur découvre Ganache…, dit-il.

13

C'est précisément à cet instant que Ganache, au comble de la félicité, jeta à la nuit son premier aboiement. Leur rire fit tant d'échos que les voisins canins lui répondirent, aboiements redoublés lorsque retentirent les cris de courroux d'un être humain du sexe féminin. C'est dans cet état de détente que Philippe vit la main de Ludovic posée sur la hanche de Fanny. C'est au premier aboiement de Ganache, donc, qu'il comprit tout.

L'intuition de Philippe quant aux relations de Ludovic et de Fanny semblait se révéler d'autant plus probante que seule une intuition de nigaud et une envie de complications les lui avaient dévoilées. Cette main de Ludovic égarée sur les hanches de sa jeune belle-mère dans un moment d'hilarité générale lui avait paru plus évidente que n'importe quelle passade la plus obscène. Les gens, le public, la société, les autres, bref, croient d'autant plus à leur intuition qu'elle est vague, en tout cas différente de leurs impressions habituelles ou de leurs fantasmes habituels : un baiser sur la bouche au soleil peut paraître une plaisanterie mais pas trois mots chuchotés dans la nuit. À la télévision ou au cinéma, on voit le noir bonheur dans sa crudité inimaginable. Dans la vraie vie, on aime mieux surprendre qu'apprendre, encore plus que comprendre. Très souvent, on ressent les impressions fausses d'une façon plus aiguë que les vraies, comme si l'horreur du mensonge entourait les faux faits et les rendait, par leur invraisemblance même, plus indéniables.

Ce que Fanny ressentit en découvrant le regard de Philippe aurait pu aussi bien la glorifier que la déshonorer. En tout cas, elle comprit qu'elle était à jamais enlacée à Ludovic dans son esprit et n'avait ni la force ni l'indignation nécessaire pour le démentir. Le ciel s'illumina ou s'éteignit, la campagne entière devint fausse, délatrice et exacte.

La vérité était là, entre le tweed de Ludovic et sa robe de soie. Dans ce regard, la vérité sexuelle qui rôdait entre eux, sans avoir jamais vraiment levé ses paupières : la mort de Quentin, ses rares amants, les plages, ses flirts ou ses plaisirs, si dilués depuis. Et là, brusquement, un mythomane qui se trompait lui faisait admettre son désir, son irrésistible penchant pour un garçon qui se croyait à jamais amoureux d'elle, et elle-même qui ne l'avait jamais vu comme tel.

Un garçon qui, avec le courage des simples, aimait ce qu'il désirait, admettait ce qui l'émouvait, bref, s'y livrait sans se débattre. Naïvement, comme plus personne – ou si peu – n'en avait la possibilité, le courage ou la simplicité en ce siècle.

Le rire de Philippe s'était détonalisé. Celui de Ludovic, comme mystérieusement averti, s'était alors ouvert, plus grave, plus mâle, plus attendri. Et le sien, qu'en était-il du sien? Il lui sembla mondain, faux et sans jeunesse, sans ressemblance avec les deux témoins. Il parut à Fanny maigrelet et ridicule, comme sa propre personne. Ce n'était déjà plus de licence, de folie qu'elle s'accusait, mais de lâcheté. Ce nouveau rire, cette nouvelle voix de Ludovic impliquait la virilité – la force, la décision et l'inconscience aussi –, qui n'était que le prix de ce désir, en aucun cas sa nature ni même l'un de ses masques.

*

Parties pour une longue et gaie soirée, les heures suivantes se réduisirent à un quart d'heure grâce à la fausse découverte de Philippe et à la vraie de Fanny.

Ludovic était, lui, le seul à l'aise. Même le recul de Fanny de son épaule ne l'avait pas déprimé. Il avait comme affermi, gagné, identifié quelque chose entre elle et lui. Fanny avait compris et accepté ses sentiments, et elle s'était échappée de son tweed comme d'un cocon, accepté par ailleurs depuis toujours. Il n'établissait aucun lien avec le regard de son beau-frère – ou bel-oncle, enfin, de Philippe – qui, à ses yeux, incarnait l'ennui et la mythomanie, mais qui était réclamé par Sandra. Égaré, menteur mais bon type, quoi.

Ludovic traînait avec lui pas mal d'expressions démodées, expressions acquises dans les internats, étoffées dans les boîtes parisiennes et, bizarrement, confirmées dans les maisons de santé qui avaient suivi. Ludovic disait : «Bon zigue», voire «Zigue épatant». Il disait : «Ça, c'est une femme», à cause de son physique, et «Ça, c'est un type», en suivant son industriel de père. Il y avait beau temps qu'il ne déclarait rien de cohérent sur Marie-Laure, son épouse, «pourtant superbe personne» lors de leur rencontre. Quant à Sandra, elle était une «femme un peu là». Seule Fanny échappait en vérité à tout adjectif, tout qualificatif, toute discussion. Silence qui, dans ce cas, était des plus futé.

Le soir, «les enfants», comme disait Sandra en parlant de Ludovic, de Marie-Laure, de Philippe et de Fanny, s'embrassaient généralement sur la joue dans un de ces rares moments de rapprochement instinctifs qu'inspire, sous un toit, la présence lourde et dangereuse d'une maîtresse de maison comme elle. Venues de l'enfance inconsciente, la crainte, l'incompréhension comme la solidarité peuvent réunir les adultes plus âgés. Sauf que ce soir-là, Philippe, au lieu d'embrasser sa joue, baisa la main de Fanny, la nouvelle coupable, et donc pour lui respectable, d'un drame inespéré en ces campagnes écrasantes de confort et d'ennui. Et sauf que, en embrassant la joue mal rasée de son jeune beau-fils Ludovic, Fanny affichait une raideur sensible à n'importe qui. Une preuve supplémentaire de sa culpabilité, pour Philippe, et une occasion pour Ludovic de poser ses lèvres sur la joue douce et parfumée de Fanny, odorante du parfum qu'il avait respiré pour la première fois en gare de Tours et qui, depuis, lui semblait le seul parfum féminin du marché.

Ce soir-là, Ludovic se sentait spécialement jeune, heureux, épris, et, la sensibilité comme éteinte, sa cécité envers son amour lui semblait moins définitive que d'habitude. Son rire aussi. «Le rire est le propre de l'amour», avait dit quelqu'un, et, effectivement, rien comme le rire ne ridiculise ou n'anéantit la morale. Abandonnant sa taille qu'il avait prise machinalement, il remonta son bras et le resserra autour des épaules de Fanny. Il était lancé vers elle. Il se pencha vers elle, mais sa joue était trop proche déjà, il l'avait soumise à une hauteur, une proximité qui le mettait au niveau de sa bouche. À moins de le repousser, de reculer d'un geste abrupt, à moins de se cogner du front et du menton, la seule solution possible consistait à tourner légèrement la tête en la relevant et à se laisser embrasser de biais sur les lèvres. Ce que permit Fanny par peur esthétique ; ce que fit Ludovic tout naturellement, toujours sous l'œil hostile de Philippe qui appréciait le rôle d'espion psychologue mais non de témoin dédaigné. Le baiser, d'ailleurs, fut des plus bref puisque Fanny tourna les talons en disant : «Oh, pardon», d'une voix glaciale. Philippe la suivit en sifflotant entre ses dents d'un air moqueur et Ludovic suivit Philippe.

14

Sandra Cresson avait cru entendre l'aboiement d'un chien et le cliquetis de quatre pattes associées au pas autoritaire de son mari traversant sa chambre. Instinctivement, l'idée d'un chien dans sa chambre Louis XV lui arracha un petit rire puéril.

— Vous savez, Henri, dit-elle, je deviens folle…

Dans la chambre voisine survint la voix d'Henri.

— Ah oui?…

Il n'avait l'air ni étonné, ni furieux. Il faut dire que le pauvre homme était blasé. Elle se redressa sur son oreiller.

— J'ai entendu un chien aboyer, et même traverser ma chambre, dit-elle en s'esclaffant.

— Tiens, tiens…

— Vous m'avouerez…

— Tais-toi, tais-toi ! Ici et tais-toi, dit Henri. Reste sur le lit et tais-toi !

Sandra, suffoquée par le texte et par le tutoiement, se tut, en effet, ulcérée.

— Excusez-moi, reprit la voix essoufflée d'Henri, mais… Ici, je dis, ici !

— Mon Dieu, Henri, vous savez bien que je ne peux pas marcher, hélas…

— Mais qui vous le demande ? Heu, excusez-moi encore, Sandra, je suis claqué, je vais sûrement faire des cauchemars. Je ferme la porte pour vous laisser dormir…

Et la porte sacrée, celle toujours ouverte entre eux qui veillait sur leur double solitude, claqua violemment. Elle fut suivie du clic-clac de tout à l'heure, un clic-clac étouffé et incompréhensible, à moins qu'Henri ne se mît aux claquettes. Mais n'était-il pas capable de tout ?

15

La chambre de Fanny, ouverte, aérée chaque jour, encombrée de vêtements divers et beaux qui jonchaient le tapis, avait pris un air de province, un parfum d'herbe, et les grandes feuilles de platane se faufilaient hardiment entre les volets battants, montrant au regard de la mère de Marie-Laure le ciel bleu sombre éclaboussé d'étoiles filantes, tandis que la terre humide laissait monter sa tendresse habituelle.

Philippe avait raccompagné Fanny jusqu'à sa porte, lui baisant la main avec un sourire fin qui exaspéra cette dernière. Il n'insista pas, demain était un autre jour pour ces comédies. Elle traversa donc sa chambre, se jeta un coup d'œil inquiet et vexé dans la glace, puis alla s'accouder à la fenêtre. La grande feuille de platane l'enveloppa à son tour, douce et rêche comme la veste de Ludovic… du malicieux, du prêt-à-tout, de l'enveloppant Ludovic… de ce jeune homme bêta devenu un homme en une demi-seconde, qui l'avait empêchée, elle et toute son habileté, d'éviter cette épaule, ce bras et ce pas en avant ou en arrière, ce pas de recul disgracieux qui l'avait fait échapper à sa bouche. Et elle qui, au lieu de se dégager autrement du regard insistant de Philippe, s'était laissée aller contre son amoureux, son malchanceux beau-fils ! En la libérant, il avait une fois encore effleuré son visage, et s'il n'y avait pas eu, si près d'eux, ce crétin de Philippe, ils seraient peut-être encore tous les deux sous le ciel étourdi de septembre.

On frappa à la porte. Fanny dit : « Entrez » d'une voix haute, imaginant Philippe ou Henri ou quelque ineptie de Sandra. Mais, avec grande audace, c'est Ludovic qui entra, un doigt sur les lèvres, comme un complice. Indignée, Fanny baissa quand même la voix :

— Mais que faites-vous ici ? Êtes-vous venu m'expliquer par quel hasard… ?

Elle s'arrêta, se sentant ridicule de faire des reproches de ce genre à un garçon proche de la trentaine bien qu'elle n'ait jamais pensé ou parlé à Ludovic comme à un homme. Avec qui, d'ailleurs, l'avait-elle fait à part Quentin? Quentin qui aurait ri de la voir là, avec sa robe froissée, veillant à sa réputation face à un jeune homme fraîchement sorti d'asile.

Ludovic avait sa veste de tweed sur le bras, les cheveux ébouriffés, les yeux brillants, elle s'étonna de n'avoir pas remarqué plus tôt sa beauté. «Car il est bel homme, très bel homme», se dit-elle froidement. Elle l'avait cru Billy Boy, elle le retrouvait en Prince Pouchkine.

Par habitude néanmoins, elle le fit asseoir au pied du lit et se posa de l'autre côté. Les longues jambes de Ludovic reposaient sur le tapis, Fanny avait replié les siennes sous elle. Qu'allait-elle lui dire sans le blesser?

— Je ne veux pas humilier ma fille, Ludovic, débuta-t-elle. Elle est ce qu'elle est, je vous l'accorde, mais...

— Elle est pire, dit Ludovic.

Et il baissa les yeux sur les jambes de Fanny.

Elle les remonta nerveusement un peu plus, trouvant le couvre-lit glissant et laid, franchement laid. Ludovic la regardait en face, souriait sans aucune complicité.

— Il a toujours été comme ça, dit-il, même neuf. Quand j'étais petit, Tante Marthe l'avait acheté pour son mariage avec le frère aîné de

Papa, André. André a été tué en 40 en reculant vers ici avec son frère Marcel.

— Quelle horreur ! dit Fanny, déconcertée.

— Et notre père a pris l'usine en main à dix-neuf ans. C'est lui qui en a fait cet immonde bâtiment dans la plaine, et ici. Mais, comme il dit : « Mourir en 14-18, ça faisait de nous des héros, mais en 39-40, ça faisait de nous des couillons. » Excusez-le… Les deux tantes sont rentrées chez leurs mères couvertes d'argent, mais auparavant elles avaient voulu laisser leurs marques. Après il y eut ma mère, mais je ne l'ai pas connue et elle se moquait de la décoration. Et puis, enfin, est apparue Sandra, pour des questions de terrain limitrophe, d'argent quoi, avec mon père.

— La pauvre Sandra…

Fanny retrouvait son sang-froid.

— C'est la plus malheureuse ici, non ?

— Non, dit un Ludovic rassurant et ferme. Avant, c'était moi le plus triste, mais maintenant, je suis le plus heureux.

— Et pourquoi étiez-vous si malheureux ? demanda-t-elle sévèrement, ce qui ne sembla pas atteindre Ludovic.

— Personne, personne ne m'aimait ou ne s'occupait de moi.

— Et vous ne pourriez pas me raconter vos infortunes d'enfant demain ?

Ludovic se leva d'un bond. Fanny glissa. Il la rattrapa et la remit, comme une poupée, sur le lit. Sa chemise blanche ouverte laissait voir son cou bruni, ses cheveux brillants dépassant de sa nuque, son torse, sa bouche si longue et si fraîche...

La mémoire de Fanny était complètement en déroute ou en déséquilibre, puisqu'elle la fit se retourner contre lui, le visage bientôt couvert de longs baisers suppliants et faits pour elle et pour lui. Leurs lèvres glissaient sur leurs corps, désir et dévotion mêlés, élan et abandon, vague refus et soumission têtue. Tout cela de manière étrange dans cette chambre devenue noire et transparente, où ils tremblaient aussi fort que la feuille de platane, le ciel et les étoiles basculés.

*

Quand elle se réveilla, sans avoir dormi crut-elle, comme après les vraies nuits d'amour, il était parti. Elle fut ulcérée une seconde qu'il ne fût plus là, qu'il l'ait quittée sans le lui avoir dit, qu'il ait « osé » la quitter. À quoi elle reconnut, en bâillant et en s'étirant, les signes possessifs de l'amour. Elle se répéta : « Sans doute, sans doute », cherchant à nommer ses sentiments mais ne retrouvant que le bien-être et la fatigue de son corps.

La sensualité chez Fanny gisait dans la fidélité. Et les matins d'après Quentin n'avaient jamais ressemblé aux autres, sauf celui-ci, pour la première fois et bien des années plus tard, grâce à un galopin plus jeune qu'elle. Elle ne chercha pas le chiffre exact de leur différence d'âge ni ne se soucia du fait qu'il fût le mari de sa fille Marie-Laure, si diminuée à ses yeux, ni qu'on l'eût cru à demi-fou. Elle se rappela qu'il lui avait dit : « Je vous aime » parce qu'elle avait souligné qu'il ne conduisait pas la voiture coupable le jour de son accident et qu'elle, au moins, se le rappelait. Un « Je vous aime » qu'il n'avait cessé de lui répéter à voix haute ou basse, depuis cette nuit surtout. C'était quoi, un homme qui vous aimait, sinon ses joues râpeuses, ses silences entrecoupés de mots inaudibles et évidents, cette hâte et cette peur également ressenties ?

Elle s'habilla très soigneusement d'une robe qu'elle savait faite pour elle par un couturier qui n'aimait pas les femmes, mais aurait pu le faire croire grâce à celle-ci. Elle répugnait pourtant à se lever et abandonner, ainsi, au bord d'une baignoire l'odeur de son amant mêlée à la sienne. Et quand elle descendit l'escalier pour retrouver La Cressonnade au petit déjeuner, elle ne s'étonna ni ne s'inquiéta des nombreux compliments qui l'accueillirent. Ils l'amusèrent plutôt comme une lapalissade. Elle ne jeta aucun sourire aimable à Ludovic, debout derrière sa chaise, doré, brun, roux, les yeux étirés, la bouche entrouverte, le corps oblique, les paupières rebondissantes sous son regard à elle.

— Quelle femme ! s'exclama l'homme de son âge, le « Vautour volant », le seul qu'elle eût pu séduire sans créer un vrai scandale.

— C'est bien vrai, dit Philippe sans réticence, car malgré tout il aimait les femmes et en avait eu quelques-unes comblées par ses soins au petit déjeuner. La nostalgie lui serra la gorge un instant.

— Une grande, grande forme, admit Marie-Laure, dont nulle équivoque n'alimentait la jalousie subite.

— Vraiment ! aboya Ludovic avec un élan naturel qui eût pu être compromettant s'il n'avait été sincère.

« Elle est à moi, se disait-il. Elle était nue dans mes bras il y a deux heures, elle me disait... » Des larmes de gratitude, de bonheur et d'orgueil lui montèrent aux yeux.

— Après ceci, je vous emmène voir le gouffre de Saultes, dit Henri qui, devant leur air intrigué, ajouta : Nous sommes dimanche, j'ai fait venir le Beechcraft de l'usine. Il faut bien que je montre la campagne à Fanny. Elle n'a vu que les magasins, ici.

— Je crois que Fanny a vu le meilleur de La Cressonnade, déclara Philippe avec un sourire si tendancieux que personne ne remarqua la bizarrerie de sa phrase, pas même l'intéressée.

Il n'y avait plus de menace qui tienne tout à coup après ce thé délicieux. De quelle marque était-il donc ? Interrogé, Martin rougit presque pour évoquer Lipton. En réalité et sans l'apercevoir, Fanny faisait rougir tout le monde ce matin-là, d'une nostalgie incontrôlée et violente, comme le font parfois les gens heureux ou comblés.

Fanny et Ludovic mirent le même soin à s'éviter pendant ce bizarre survol de la Touraine concocté par Henri Cresson. Promenade qu'il n'avait jusque-là offerte qu'aux industriels japonais les plus riches ou aux plus endormis de ses correspondants. Ils mirent deux heures à faire, avec mille soubresauts, une excursion qui aurait pris une demi-heure en voiture. Mais l'avion était l'arme secrète d'Henri Cresson, même si le

«Vautour volant» n'avait jamais pu en apprendre le maniement – «Grâce en soit rendue à saint Christophe», disaient ses relations et ses subordonnés.

Fanny passa ainsi une journée délicieuse et saugrenue. La promenade lui plaisait; la fatigue de la nuit et la présence de Ludovic, assis derrière elle, baignaient son visage d'un regard rassurant. Comme bien des femmes de son âge, elle voyait un protecteur dans ses amants, idée disparue, depuis belle lurette la génération suivante.

«Que c'est beau… que c'est beau», s'écriait de son côté Marie-Laure, parfois à la surprise générale hormis celle de Philippe qui avait remarqué la tendance des femmes trompées, fussent-elles ignorantes de leur état, à jouer les petites filles. En plus elle avait raison : châteaux, cours d'eau, collines, ciel bleu pâle, fin d'été, la Touraine déroulait ses charmes sous eux, et les commentaires techniques d'Henri n'y pouvaient rien. «Que la France est belle, pensait Fanny, et que mon amour est beau…» L'avion sentait la bruyère, le seringa survolé d'assez près, parfois, pour qu'on le respire.

À un moment, Fanny fut envahie d'un désir si vif, dû à un souvenir précis de Ludovic, qu'elle se tourna vers lui et aussitôt vint se rasseoir sans l'avoir même touché du bout des doigts. Cet empêchement, cette impossibilité serait l'un des souvenirs les plus sensuels de sa vie amoureuse. Et elle se dit brusquement, l'instant passé : « Il est fou et moi, je suis perverse », idée qui ne l'avait jamais, jamais effleurée de sa vie mais qui lui apparut avec l'évidence des idées fausses que l'on peut se faire sur soi-même en cas de fatigue et de doute poussés à l'extrême. Elle regarda ses yeux luisants levés vers elle. Il eût fallu vraiment qu'elle le haïsse à cette seconde, vraiment, pour qu'il le sente, pour que ses yeux à lui s'éteignent et se troublent, pour qu'elle retrouve une image d'elle-même et de lui plus réelle, c'est-à-dire celle d'une femme égarée, loin de Paris, éprise d'un grand dadais complexé par une vie solitaire.

16

Il restait six jours avant la fameuse fête et tout le monde, à la maison, était absorbé par la même question : Sandra serait-elle assez têtue pour se lever et apparaître ? Ce dont elle menaçait tout le monde, le visage toujours rougeoyant, malgré les vociférations d'Henri.

Ludovic et Fanny se retrouvaient toutes les nuits après des journées partagées, et Philippe s'énervait. Mais il savait l'horreur du scandale plus fort dans ce milieu que la curiosité. Il se savait aussi susceptible d'être jeté à la porte par un Henri, fasciné et galant inimaginable jusque-là, et lui-même avait connu pas mal de situations similaires qui s'étaient fort mal terminées pour leurs témoins (dont lui-même), alors…

Finalement le plus malin des hôtes de La Cressonnade se révéla être le chien Ganache. Attiré tout d'abord par le parfum, la douceur et la féminité incarnés pour lui par Fanny, il avait vite compris que cette affection était partagée – certes par moments –, et qu'il ne venait qu'en second plan, après le grand maigre prénommé Ludovic, excellent coureur de fond, gentil mais trop distrait. Les deux autres maîtres ne le voyaient même pas. De fait, son seul souci était d'éviter les coups de pied sournois de Martin. Non, le seul maître qu'il trouvât dans ce logis spacieux et inespéré fut l'homme à la voix d'orage, la force et l'autorité discrètement sentimentale du maître de maison nommé Henri, trop souvent absent mais visiblement seigneur des lieux. Seigneur pour tous, mis à part pour l'autre animal logé – hélas – près de sa chambre, une dame poussant des soupirs et faisant des bruits jamais entendus jusque-là. Là était la menace, et ce n'était pas pour rien que son maître Henri lui avait appris à éviter son antre et à passer par la petite porte du couloir pour le retrouver la nuit. C'est seulement dans le jardin, sur la terrasse et parfois dans son auto qu'Henri reconnaissait leurs relations particulières, appelant Ganache «Mon vieux bout» ou «Le beau bâtard que voilà», plus d'autres sottises qui, dites de sa voix grondante, réchauffaient le cœur oublié du chien. L'animal retrouvait dans cette voix comme un écho humain, hélas, de la sienne. Leurs aboiements se ressemblaient, mais cela, seule la sensible Fanny l'avait remarqué.

17

Le ciel s'amusait à leurs dépens : ou il faisait beau, orangé, automnal, ou il faisait trop chaud, lourd, ou il pleuvait, tonnait. Le temps changeait en deux heures du tout au tout, la Touraine ressemblait à la Normandie. Tout semblait hésiter dans et hors la maison. Seul Ludovic était implacablement là, le regard de Ludovic, le chandail de Ludovic, les mains de Ludovic, le bonheur de Ludovic, et Fanny ne pouvait s'y soustraire ni ne le voulait vraiment. C'est l'une des choses la moins difficile à acquérir que l'attirance ou la passion de quelqu'un, mais le bonheur est la plus ardue si l'on n'a rien fait d'autre, en fait, que de le regarder et le voir. Or personne n'avait jamais regardé ce garçon avec l'idée de faire de sa vie un long cadeau. Personne n'avait voulu le combler, l'amuser, le mettre au mieux de lui-même. Personne n'avait non plus voulu le guérir, ni d'une folie imaginaire, ni de sa solitude absolue. Fanny prêtait, donnait, conseillait, s'oubliait elle-même.

Les grandes tentes dressées sur la terrasse voltigeaient, se chargeaient de soleil et de pluie. Chaque jour se ressemblait, comme chaque nuit pour eux deux, aussi brèves qu'indispensables. Et pourtant Quentin… Quentin. Qui aurait-elle pu aimer d'autre que Quentin ? D'ici dix jours la soirée serait passée, Ludovic réhabilité (peut-être), et elle repartirait travailler et oublier son trop jeune amant irresponsable.

Dans le vaste lit de province, Fanny se surprit à pleurer sans savoir pourquoi pendant que son amant dormait. « Pleurer de fatigue », se disait-elle obstinément, pleurer d'incertitude, d'une vague humiliation, de doute : lui ne parlait jamais de doute, de départ ni de séparation. Et par une sorte de discrétion, par crainte, elle ne lui en parlait pas non plus. Leurs regards étaient aussi étroitement mêlés que leurs corps, mais la nuit, quand il allumait une cigarette pour lui et pour elle en chuchotant comme deux adolescents interdits de tabac, ils ne se sentaient capables que de ça.

Le secret pour eux résidait dans la passion Ganache-Henri, Henri-Ganache qui les faisait rire et aussi écouter parfois, à la chambre la plus éloignée, le souffle rauque de Sandra et les ronflements si virils de Philippe le sournois. Si renseigné, celui-ci, si discret, si exaspéré. Marie-Laure redoublait de sarcasmes envers chacun sans que quiconque l'écoute.

*

La grande soirée arriva enfin et, à la surprise de tous, il fit beau. Comme un cadeau, le ciel se leva bleu, resta bleu, puis s'en fut doucement vers le noir.

Peu à peu, la société de Touraine, de Paris, de n'importe où, arriva dans des engins adéquats qui se logèrent dans le parking conçu pour cela. En smoking ou en robe du soir, les personnages de la famille avaient un drôle d'air. Henri avait hésité entre un habit trop étroit et un trop large. Philippe n'avait qu'un costume usé mais impeccablement coupé à Londres du temps de ses folies. Ludovic, lui, de son côté, portait un smoking trop grand depuis les cliniques mais qui lui seyait. Ses cheveux roux sombre, ses yeux assortis lui donnaient un air équilibré, et tout ce roux, ce dru, ce brillant étaient cantonnés dans un sourire timide qui séduisait, après trois ans de mystère, et les siens et les nouveaux amis de La Cressonnade. En fait, « comme sa mère défunte si jeune, il était auburn », répétait Henri avec la sombre fierté de l'ignorance. Il admettait très bien, trente ans plus tard, que sa jeune femme, son seul amour ait été auburn jusqu'à sa mort, même s'il ne l'eût pas supporté un instant de son vivant, quand il l'aimait, qu'il connaissait par cœur le châtain foncé et soyeux de ses cheveux, quand il y enfouissait son visage parfois en plein jour. Quelqu'un se lamenterait encore parfois d'une voix sourde quand il pensait ou quand on le faisait penser à elle. Quelqu'un étouffé et vaguement ridicule à ses yeux, quelqu'un de pas fier.

DU MÊME AUTEUR

BONJOUR TRISTESSE, *roman*, Julliard, 1954 (Pocket n° 3564).

UN CERTAIN SOURIRE, *roman*, Julliard, 1956 (Pocket n° 4061).

DANS UN MOIS, DANS UN AN, *roman*, Julliard, 1957; 2008.

AIMEZ-VOUS BRAHMS?, *roman*, Julliard, 1959 (Pocket n° 4621).

CHÂTEAU EN SUÈDE, *théâtre*, Julliard, 1960.

LES MERVEILLEUX NUAGES, *roman*, Julliard, 1961 (Pocket n° 2156).

LES VIOLONS PARFOIS, *théâtre*, Julliard, 1962.

LA ROBE MAUVE DE VALENTINE, *théâtre*, Julliard, 1963.

TOXIQUE, *récit*, Julliard, 1964; Stock, 2009 (Le Livre de Poche n° 31934).

BONHEUR, IMPAIR ET PASSE, *théâtre*, Julliard, 1964.

LA CHAMADE, *roman*, Julliard, 1965 (Pocket n° 1967); 2008.

LE CHEVAL ÉVANOUI, suivi de L'ÉCHARDE, *théâtre*, Julliard, 1966.

LE GARDE DU CŒUR, *roman*, Julliard, 1968 (Pocket n° 2124).

UN PEU DE SOLEIL DANS L'EAU FROIDE, *roman*, Flammarion, 1969; Stock, 2010 (Le Livre de Poche n° 32145).

UN PIANO DANS L'HERBE, *théâtre*, Flammarion, 1970.

DES BLEUS À L'ÂME, *roman*, Julliard, 1972; Stock, 2008 (Le Livre de Poche n° 31950).

UN PROFIL PERDU, *roman*, Flammarion, 1974; Stock, 2010 (Le livre de Poche n° 32236).

RÉPONSES, *entretiens*, Pauvert, 1974.

DES YEUX DE SOIE, *nouvelles*, Flammarion, 1975; Stock, 2009 (Le Livre de Poche n° 31967).

BRIGITTE BARDOT, album de photographies de Ghislain Dussart, textes de Françoise Sagan, Flammarion, 1975.

LE LIT DÉFAIT, *roman*, Flammarion, 1977; Stock, 2010 (Le Livre de Poche n° 32298).

IL FAIT BEAU JOUR ET NUIT, *théâtre*, Flammarion, 1978.

LE CHIEN COUCHANT, *roman*, Flammarion, 1980; Stock, 2011 (Le Livre de Poche n° 32669).

MUSIQUE DE SCÈNE, *nouvelles*, Flammarion, 1981.

LA FEMME FARDÉE, *roman*, Ramsay, 1981; Stock, 2011 (Le Livre de Poche n° 32574).

AVEC MON MEILLEUR SOUVENIR, *mémoires*, Gallimard, 1984 (Folio n° 1657).

DE GUERRE LASSE, *roman*, Gallimard, 1985 (Folio n° 1759).

LA MAISON DE RAQUEL VEGA, *nouvelles*, Éditions de la Différence, 1985.

UN SANG D'AQUARELLE, *roman*, Gallimard, 1987 (Folio n° 2054).

SARAH BERNHARDT : LE RIRE INCASSABLE, *dialogue imaginaire*, Robert Laffont, 1987.

AU MARBRE, CHRONIQUES 1952-1962, La Désinvolture, 1988.

La Sentinelle de Paris, album de photographies de Winnie Denker, textes de Françoise Sagan, Robert Laffont, 1988.

Un orage immobile, *roman*, Ramsay, 1989 ; Stock, 2010 (Le Livre de Poche n° 32356).

La Laisse, *roman*, Julliard, 1989 (Pocket n° 3548).

Un chagrin de passage, *roman*, Plon, 1990 (Pocket n° 4440).

Les Faux-Fuyants, *roman*, Julliard, 1991 (Pocket n° 2867).

Répliques, *entretiens*, Quai Voltaire, 1992.

… et toute ma sympathie, *mémoires*, Julliard, 1993.

Le Miroir égaré, *roman*, Plon, 1996.

Derrière l'épaule, *mémoires*, Plon, 1998 (Pocket n° 10728).

Bonjour New York, *récit*, L'Herne, 2007 (Le Livre de Poche n° 31347).

Un certain regard, regroupant *Réponses* et *Répliques*, *entretiens*, L'Herne, 2008.

Maisons louées, *recueil d'articles*, L'Herne, 2008.

Le Régal des chacals, *recueil d'articles*, L'Herne, 2008.

Au cinéma, *recueil d'articles*, L'Herne, 2008.

De très bons livres, *essais*, L'Herne, 2008.

La Petite Robe noire, *recueil d'articles*, L'Herne, 2008 (Le Livre de Poche n° 31501).

Lettre de Suisse, *recueil d'articles*, L'Herne, 2008.

La Fourmi et la Cigale, *pastiche*, Stock, 2010.

THÉÂTRE, regroupant les pièces *Un piano dans l'herbe*, *Il fait beau jour et nuit* et *L'Excès contraire*, Stock, 2010 (Le Livre de Poche n° 32472).

UN MATIN POUR LA VIE, *nouvelles*, Stock, 2011 (Le Livre de Poche n° 32785) ; édition limitée illustrée par Pierre Collin, Les Cent Une, 2011.

JE NE RENIE RIEN : ENTRETIENS 1954-1992, Stock, 2014 (Le Livre de Poche n° 33833).

LA VITESSE, édition limitée illustrée par Julius Baltazar, Automobile Club de France, 2014.

Pour en savoir plus
sur les Éditions Plon
(catalogue, auteurs, vidéos, actualités...),
vous pouvez consulter
www.plon.fr
www.lisez.com

lisez!

et nous suivre sur les réseaux sociaux

Editions Plon

@EditionsPlon

@editionsplon

MIXTE
Papier issu de sources responsables
FSC® C003309

L'Éditeur de cet ouvrage s'engage pour la préservation de l'environnement et utilise du papier issu de forêts gérées de manière responsable.

CET OUVRAGE
A ÉTÉ ACHEVÉ D'IMPRIMER
SUR ROTO-PAGE
PAR L'IMPRIMERIE FLOCH
À MAYENNE EN SEPTEMBRE 2019

Dépôt légal : septembre 2019
N° d'impression : 94874
Imprimé en France